EDITION

HERDER

Bertus Aafjes

DER DIEBSTAHL IM TEEHAUS

Die Fälle des weisen Richters Ooka

Mit Farbholzschnitten von
Utagawa Hiroshige

Herder Freiburg · Basel · Wien

Aus dem Holländischen von Mirjam Pressler

Band 14 der
Edition Herder
Erste Auflage 1993

Titel des holländischen Originals, aus dem die Erzählungen ausgewählt wurden:
Rechter Ooka Mysteries; © Bertus Aafjes and J.M. Meulenhoff, Amsterdam

Reproduktionen: Scan-Studio Hofman GmbH, Freiburg
Herstellung: Freiburg Graphische Betriebe 1993
ISBN 3-451-23451-3

Inhalt

INHALT

Vorwort

Ich besuchte 1958 zum ersten Mal das Land der Aufgehenden Sonne. Ich wußte fast nichts über Japan und hatte noch nie etwas von Richter Ooka gehört. In Tokio traf ich einen kanadischen Japaner, der als Kind mit seinen Eltern nach Kanada emigriert war und nun Japan besuchte, um das Land seiner Kindheit wiederzusehen.

Eines Abends, in Nikko, erzählte ich ihm bei einem Becher Reiswein etwas von meiner Methode, mich selbst psychologisch mit einem Land vertraut zu machen, das für mich noch ein verschlossenes Buch war. Ich sammelte so viele Geschichten und Legenden dieses Landes, wie es mir möglich war, und stellte eine Auswahl seiner Sprichwörter zusammen. Auf diese Weise wurde ich schneller mit der Art und dem Wesen eines mir unbekannten Volkes bekannt, als wenn ich in ernsthaften Nachschlagewerken darüber las. Es war eine Methode, die ich jahrelang auf meinen Reisen entwickelt hatte. Einige Tage später brachte mir der kanadische Japaner nach japanischer Art ein Geschenk mit. Es war ein Buch, das „Solomon in kimono“ hieß und zwanzig Geschichten über Richter Ooka enthielt, die von dem Amerikaner J. C. Edmonds, Soldat in der amerikanischen Besatzungsarmee, ganz hervorragend zu einem Buch zusammengestellt worden waren. Der Geber bot sie mir mit einem Hinweis auf unser Gespräch in Nikko an: In diesem Buch wurde eine legendäre japanische Figur vorgestellt, deren berühmte Rechtsfälle viele japanische Kinder in ihrer Kindheit gefesselt und beschäftigt hatten. Dieser Richter Ooka, meinte mein Bekannter, wäre für mich zweifellos ein Führer zur Seele des japanischen Volkes, wie ich ihn suchte .

Richter Ooka – mit ganzem Namen Ooka Echizen no Kami Tadasuke – lebte von 1677 bis 1751 in Japan, zu der Zeit, als Tokio noch Edo hieß, also vor zweieinhalb Jahrhunderten. Um die massive Burg des Schogun mit ihren tiefen Brunnen lag die Stadt wie ein Meer aus braunen Holzhäusern, mit Tempeln und Pagoden aus Holz. Verglichen mit Kioto mit seinen goldenen Pavillons und goldenen Buddha-Statuen war Edo eine düstere und strenge Stadt. Residierte in Tokio der direkte Nachkomme der Sonnengöttin, der Göttliche Kaiser von Japan, so herrschte in Edo der oberste General, der Schogun.

Tatsächlich hatte Seine Gottheit, der Kaiser, keine Macht mehr. Er war ein nationales Symbol, ein schöner goldener Schein. Die Familie der Tokugawa regierte das Land, einer von ihnen erfüllte die diktatorische Rolle des Schogun. Der Schogun war der wirkliche Herrscher Japans. Er regierte mit eiserner Hand über die vielen Lehnsherren, und um sie unter Kontrolle zu halten, hielt er in seinem gigantischen Palast abwechselnd ihre Frauen und ihre Kinder gefangen. Ein Ritter, der sich am Hofe einen Augenblick vergaß und sein Schwert gegen einen anderen Ritter zog, auch wenn er nur eine solche Bewegung machte, mußte sofort Harakiri begehen. Und tat der Lehnsherr etwas, was dem Schogun nicht wohlgefällig war, so wurden seine Güter konfisziert und seine treuen Ritter, nun ohne Herr, wurden zu fahrenden Rittern.

Unter dem Schogun herrschte eiserne Disziplin, und das japanische Volk wurde versklavt. Wer sich jedoch fügte, fand noch genug Amüsement in der Stadt: Überall gab es Teehäuser und Geishahäuser, in den Theatern wurden – neben den feierlichen No-Spielen – die bunten Kabuki-Spiele aufgeführt. Man lachte, dichtete, trank und liebte.

In dieser seltsamen Welt aus Strenge und Vergnügungen, von hohen Machthabern und verarmten Samurai, lebte ein Richter, der Ooka hieß. Er war zuerst Richter in Jamada, neben den berühmten Ise-Tempeln, dann in Edo. In Edo wurde er außerdem Bürgermeister und gründete die berühmt gewordene Feuerwehr. Der Richter war gegen die üblichen Folterungen und bemühte sich, unschuldig Verdächtigte freizusprechen, unterließ aber auch keine Mühe, wirkliche Missetäter zu enttarnen. Er ging dabei von einer neuen Methode aus, die auf psychologischer Einsicht und subtiler Betrachtung der Tatsachen und Umstände beruhte. Er war in Edo berühmt wegen seiner Art und seines freundlichen Benehmens. Er hatte vor allem ein Auge für die Armen und Unterdrückten. Bei seinen Gerichtssitzungen durfte jeder anwesend sein, und seine Urteile waren oft so überraschend, daß sie die Aufmerksamkeit des Volkes auf sich zogen.

Seine Fälle wurden ausführlich von Geschichtenerzählern an den Straßenecken von Edo nacherzählt und schließlich als Buch veröffentlicht. Was Wahrheit oder Dichtung ist, kann man heute natürlich nicht mehr unterscheiden.

Fest steht aber, daß Richter Ooka, der wirklich gelebt hatte, zu einer Art östlichem Sherlock Holmes wurde, lange bevor Conan Doyles Schöpfung in England das Licht der Welt erblickte.

Mit diesem kargen Wissen bewaffnet, fuhr ich nach Japan, in der Hoffnung, noch weitere Ooka-Geschichten zu finden. Mehr als zwei Monate arbeitete ich fast ununterbrochen in den vielen Bibliotheken von Tokio.

Ich fand nicht nur Stoff für weitere Ooka-Bücher, ich fand auch das Grab des Richters, einige Stunden von Tokio entfernt. Der Richter liegt unter jahrhundertealten Bäumen auf einem kleinen Friedhof im Schatten eines Tempels. Einige Kilometer von seinem Grab entfernt rauscht die Brandung des Stillen Ozeans, und bei klarem Wetter gewahrt man die dunkelviolette Insel der Göttin Benten in einem purpurnen Meer. Ich besuchte sein Grab mehrere Male und opferte für die Seelenruhe des Richters Weihrauchstäbchen, die ich, auf japanische Weise, in einer Opferlaterne vor dem Grab anzündete.

Ich habe – wie die japanischen Straßenerzähler – Richter Ooka zur Hauptfigur einiger Ooka-Bücher gemacht. Die hier vorliegenden Geschichten wurden aus diesem Sammelband „Rechter Ooka Mysteries“ ausgewählt. Es bedarf keiner Erörterung, daß ich diesen japanischen Sherlock Holmes zum größten Teil aus meiner eigenen Phantasie entwickelt habe. Die Geschichten, in denen er auftritt, sind Stimmungsbilder voll östlicher Farbe und Vorstellungen, die nie die erklärte und einseitige Absicht haben, Informationen über Japan zu geben, die historisch oder anderweitig verbürgt seien. Ich versuchte hingegen so genau wie möglich meine eigenen Eindrücke, die ich im Land der Aufgehenden Sonne gesammelt habe, in Worte zu fassen.

Insbesondere habe ich mich bemüht, dem Richter und seiner Umgebung das Lokalkolorit der japanischen Dichtkunst und das östliche Geheimnis zu verleihen, die ich in Japan in so überwältigendem Maße angetroffen habe. Die Haikus, die in diesen Geschichten verschwenderisch zitiert werden, und für die Handlung oft eine große Rolle spielen, stammen von japanischen Haiku-Dichtern, die sowohl vor als nach Richter Ooka gelebt haben.

Bei der Darstellung des dichterischen Charakters des Richters wurde mir auf unerwartete Weise geholfen. Während meines letzten Aufenthalts in Japan machte der japanische Archivar Retse Fusjaba mich darauf aufmerksam, daß Ooka nicht nur ein berühmter Richter gewesen sei, sondern auch Gedichte schrieb, was nicht verwunderlich ist angesichts der Tatsache, daß in früheren Tagen jeder Japaner bei gewissen Gelegenheiten dichtete. Retse Fusjaba fand diese Verse zufällig in einem Archiv in Nara und war so freundlich, mir einige zu übersetzen. Ich nahm mir die Freiheit, dem berühmten Richter im Verlauf dieser salomonischen Urteile eine Reihe von ihnen in den Mund zu legen.

Auch ich möchte mit einem Haiku schließen. Ich sagte bereits, daß ich versuchte, so genau wie möglich meine eigenen Eindrücke von Japan wiederzugeben.

Das Japan, das ich beschreibe, ist mein Japan, nicht das Japan jener, die feststehende Tatsachen und Börsenberichte lieben. Es ist ein Japan, das aus dem Rausch der Verwunderung geboren wurde, ein Japan, über das der Autor selbst noch ebenso staunt wie der Haiku-Dichter, der, bezaubert vom Schnee auf seinem Hut, ausruft:

Der Schnee wiegt leicht
wenn ich bedenke:
Es ist *mein* Schnee auf *meinem* Hut.

Bertus Aafjes

Verliebte Katzen vergessen sogar den Reis auf ihren Schnurrhaaren

oder

Der Fall des betrogenen Dienstpflichtigen

❖

Richter Ooka liebte Tiere. Eine besondere Vorliebe hatte er für Katzen. Manchmal, wenn er in stiller Bewunderung die beiden Katzen vor dem Gerichtsgebäude betrachtete, geriet er ins Philosophieren. Reinlichere Tiere als Katzen gab es eigentlich nicht. Welche Haltung sie auch einnahmen, stets blieben sie elegant. Und ihre Behendigkeit war immer wieder überraschend. Ein guter Spurensucher müßte die Qualität einer Katze besitzen, meinte der Richter. Er müßte schleichen können wie eine Katze, die sich mit eingezogenen Krallen fortbewegt und auf ihren Samtpfoten unhörbar ist für menschliche Ohren. Er müßte sich auch ebenso schnell in Bewegung setzen können wie dieses behende Tier.

Wie elegant bewegten sich die beiden Katzen durch den Innenhof: Sie glichen zwei Geishas, die auf einem

Gartenfest lustwandeln. Doch ohne jeden Übergang konnten die beiden Katzen zu einem langen Sprung ansetzen, um einem Angreifer zu entkommen oder eine Beute anzuspringen. Von den elegant wandelnden Geishas war dann wenig übrig, obwohl natürlich auch Geishas ihre Krallen zeigen können.

Wie dem auch sei, der Richter liebte Katzen.

Als der Schogun ihn eines Tages wissen ließ, daß die Katzen aus dem Jotsuja-Viertel entfernt werden sollten, weil ein reicher Kaufmann sich beim Kammerherrn des Schogun über das Jammern der Katzen während der Paarungszeit beklagt hatte, runzelte der Richter die Stirn.

Der Schogun war ein Mann, der Stille und Ruhe schätzte. Sogar das Quaken der Frösche in den Frühlingsnächten störte ihn, und wenn er wegen des Quakens nicht schlafen konnte, ließ er die Palastwächter ihre langen Lanzen auf das Wasser des Palastgrabens schlagen, um die Tiere so zum Schweigen zu bringen. Katzen während der Paarungszeit ließ er ohne Pardon aus den Palastgärten entfernen und umbringen.

Nun konnten Katzen in der Paarungszeit tatsächlich besonders lästig sein, fand der Richter. Merkwürdigerweise geschah es gerade in diesen Tagen, daß die Katzen ihre Eigenschaften, Eleganz und Diskretion, vollkommen aus den Augen zu verlieren schienen. Zu Recht hatte Shiki gedichtet:

Schrecklich!
Sie haben die steinerne Mauer verwüstet,
die verliebten Katzen.

Doch war das ein Grund, die Tiere einfach umzubringen? Die Katzen von Jotsuja waren sehr beliebt im Viertel – mancher Bewohner schätzte seine Katze zweifellos höher als sein kostbares Teeservice. Der reiche Kaufmann aus dem Viertel hatte mit seiner Klage gegenüber dem Kammerherrn etwas getan, dessen Folgen er vermutlich nicht voraussah.

Plötzlich hatte der Richter eine Idee. An dem Befehl des Schogun, die Tiere aus dem Jotsuja-Viertel zu entfernen, war natürlich nichts zu rütteln. Doch der Schogun hatte es nicht ausdrücklich befohlen, daß die Katzen unbedingt umgebracht werden sollten. Mitten in den Horikiri-Gärten, berühmt wegen ihrer prachtvollen Schwertlilien, lag ein kleine Insel, die völlig verlassen war und nur von Ried und Wasser eingesäumt wurde. Das war die Lösung.

Ich lasse die Bewohner wissen, daß sie ihre Katzen in Körben am Gerichtsgebäude abgeben sollen. Ich verspreche ihnen, daß sie die Tiere später im Jahr zurückerhalten. Die Gärtner der Horikiri-Gärten können die Katzen in einem Boot zur Insel bringen und sie dort freilassen. In einigen Monaten hat der Schogun den Vorfall vergessen. Dann lasse ich die Tiere wieder von der Insel holen und ihren Eigentümern zurückgeben, gegen eine kleine Gebühr zur Deckung der Kosten, die den Gärtnern durch das Füttern der Tiere entstanden sind. Der Richter nickte, zufrieden mit sich selbst. Er würde den Bewohnern des Jotsuja-Viertels seine Entscheidung persönlich mitteilen.

Dann verdüsterte sich Ookas Gesicht. In jenem Jotsuja-Viertel hatte er einen Fall zu behandeln, der ernster war als die Angelegenheit der verliebten Katzen. Einen Fall, den auch der Schogun ernst nahm. Denn es ging hier um einen Bewohner des Viertels, der ein Jahr lang bei den Truppen des Schogun gedient hatte, jenen Truppen, die damit betraut waren, seine Schlösser außerhalb Edos zu bewachen. Man zog nicht gern die männlichen Einwohner Edos zu dieser Aufgabe heran, denn sie mußten Haus und Herd für Monate verlassen. Allerdings sorgte der Schogun persönlich dafür, daß diese Dienstpflichtigen mit Respekt behandelt wurden. Irgendwie war der Fall eines gewissen Arinori offenbar dem Schogun zu Ohren gekommen.

Arinori hatte sich im vergangenen Jahr im vierten Mond zu den Truppen des Schogun gesellt. Er hatte seine Frau – sie trug den lieblichen Namen Windekelch – allein im Jotsuja-Viertel zurücklassen müssen. Vor kurzem war der Dienstpflichtige zurückgekehrt. Schon gleich am ersten Tag hatte er seine Frau der Untreue bezichtigt. Ooka war sofort vom Polizisten des Jotsuja-Viertels informiert worden. Anfangs hatte er sich nicht um diese Beschuldigung gekümmert, denn, wie der Polizist ihm mitgeteilt hatte, sei der Mann war zwar davon überzeugt, daß seine Frau ihm untreu gewesen sei, doch habe er nicht die geringste Idee, wer ihr Liebhaber gewesen sein könnte.

Vor einigen Tagen nun hatte Ooka eine Nachricht aus dem Palast des Schogun erhalten, in der stand, daß der Herrscher von Japan ihm befahl, diesen Fall persönlich zu untersuchen. Der Richter konnte die Anschuldigung des ehemals Dienstpflichtigen nicht länger ruhen lassen. Ooka schaute nachdenklich hinaus in den Innenhof. Die beiden Katzen des Gerichtsgebäudes waren nicht zu sehen. „Zwei Fälle", brummte der Richter, „und einer unangenehmer als der andere. Der Fall der verliebten Katzen ... Und nun dieser ...", er lächelte, „wenn die Beschuldigung wahr ist: ein weiterer Fall von verliebten Katzen. Sofern man Windekelch und ihren Liebhaber mit Katzen vergleichen wollte." Nun, das ging vielleicht doch zu weit. Menschen verloren selten jede Vorsicht aus den Augen, wenn sie verliebt waren. Sie würden beim Liebesspiel sicher keine steinerne Mauer zerstören wie die Katzen von Shiki, oder sich so tolldreist benehmen wie die Katzen von Taigi:

Verliebte Katzen
vergessen sogar den Reis
auf ihren Schnurrhaaren ...

Die Augen des Richters verengten sich. Sicher, verliebte Menschen waren vorsichtiger in ihrem Handeln. Doch sogar der vorsichtigste Mensch läßt manchmal etwas außer acht, auch wenn er seine Taten noch so gut zu verbergen sucht. Wenn Windekelch tatsächlich die ganze

Zeit einen Liebhaber gehabt hatte, dann war in dem Haus vielleicht noch eine Spur ihres geheimen Verhältnisses zu finden. Eine Spur wie der Reis auf den Schnurrhaaren verliebter Katzen aus dem Haiku.

Ooka ging seine Aufzeichnungen durch. Das Haus lag in der Straße des Vollen Mondes. Der Polizist hatte in seinem letzten Rapport noch einmal erklärt, daß der Anschuldigung des ehemaligen Soldaten eine ausreichende Grundlage fehle und daß die Nachbarn nicht bereit seien, etwas zu dieser Angelegenheit auszusagen, vor allem seit sie wüßten, daß sich der Schogun selbst in die Sache eingemischt habe. Das einzige, was er aus den Nachbarn herausbekommen konnte, war die einhellige Ansicht, daß der Liebhaber – so man überhaupt von einem Liebhaber sprechen könne – in der Straße des Vollen Mondes wohnen müsse. Der Richter beschloß, zum Haus des ehemals Dienstpflichtigen zu gehen und sich dort einmal umzuschauen. Dann konnte er zugleich den Bewohnern dieser Gegend persönlich mitteilen, daß sie ihre Katzen vorübergehend abliefern sollten. Ooka klatschte in die Hände und rief nach einem Palankin mit vier Trägern.

Das Haus des ehemaligen Soldaten Arinori war klein, aber reinlich. Der Richter wurde von der Frau des Hauses mit tiefen Verbeugungen empfangen. Sie half ihm aus seinen Holzsandalen und schob weiche Pantoffel über seine Füße. Dann führte sie ihn zu dem behaglichen Wohnzimmer und bot ihm Tee an.

„Es ist ein vorzüglicher Schintscha-Tee, Euer Ehren“, sprach sie. „Es ist die erste Maiernte. Die Blätter wurden vor einigen Tagen von den Teesträuchern in Schisuoka gepflückt. Sie werden heutzutage von einem speziellen Kurier zu dem Teelager gebracht, von dem ich immer meinen Tee beziehe.“

„Echter Schintscha-Tee!“ rief der Richter und rieb sich die Hände. „Das ist eine Überraschung. Als begeisterter Teetrinker habe ich schon immer einmal eine Pilgerfahrt zu den Teeplantagen in Schisuoka machen wollen, wie es wirkliche Teekenner tun, die dort im Mai Tee aus frisch gepflückten Blättern trinken. Doch es ist mehr als hundertfünfzig Kilometer von hier entfernt, und ich habe einfach zuviel zu tun, um eine solche Pilgerreise zu unternehmen. Heutzutage bringt also ein Spezialkurier den Tee in die Stadt ...“

„Gewiß, Euer Ehren. Doch der frisch gepflückte Tee ist schon teuer ...“

„Ich sehe es“, sagte der Richter, während er eine Weile den amberfarbenen Tee in seiner Schale betrachtete. „Er ist viel heller als der alte Tee. Ich rieche es auch schon. Und jetzt schmecke ich es.“ Dann rief er überrascht aus: „Er ist wirklich wunderbar.“ Dann, nach einer kurzen Stille, fragte er: „Weißt du, warum ich gekommen bin, Windekelch?“

„Es wird viel geredet im Jotsuja-Viertel, Euer Ehren“, antwortete die junge Frau. „Vielleicht ist Ihnen etwas von dem Klatsch zu Ohren gekommen.“

„Aber du weißt doch, daß dein Mann eine Klage gegen dich eingereicht hat? Diese Klage muß ich untersuchen“, brummte der Richter, während er genießerisch seinen heißen Tee schlürfte. „Vor allem jetzt, da sich der Schogun persönlich für diese Angelegenheit interessiert. Dein Mann ist wohl nicht zu Hause?“

Windekelch schüttelte verneinend den Kopf.

„Bist du ihm untreu gewesen, während er gedient hat?" fragte der Richter ruhig, wobei er in seine Teeschale schaute.

„Wie können Sie so etwas fragen, Euer Ehren?" rief die junge Frau und hob, schmerzlich berührt, den Ärmel ihres Kimonos bis zu den Augen. „Ich habe hier nie einen Mann zu Besuch gehabt, so lange Arinori diente. Nicht einmal einen männlichen Blutsverwandten." Windekelch schaute den Richter über den Ärmel ihres Kimonos mit Tränen in den Augen an.

Die Menschen gehen heute offenbar viel ins Kabuki-Theater, dachte der Richter. Diese einfache Frau bietet jedenfalls eine hervorragende Imitation eines Kabuki-Schauspielers.

„Gut, du bist also in der ganzen Zeit deinem Mann nicht untreu gewesen. Zum Glück. Untreue ist ein Vergehen, vor allem, wenn sie von einer Frau begangen wird, deren Mann eingezogen wurde, um dem Schogun zu dienen. Doch ich muß sicher sein, daß du die Wahrheit sprichst. Untreue ist ein Übeltat, die von zwei Menschen begangen wird. Einer von beiden hinterläßt manchmal Spuren. Ich möchte das Haus einer gründlichen Untersuchung unterziehen."

Ooka hatte keine Ahnung, wonach er suchen sollte. Er stand auf und begann, den Raum sorgfältig zu erforschen. Er betrachtete das Reispapier der Schiebetüren und untersuchte die Schilfmatten auf dem Fußboden.

„Ich kann noch nicht viel sagen“, sagte er nach einiger Zeit zu Windekelch. „Außer daß das Haus sorgfältig gepflegt ist. Und noch eine Kleinigkeit. Wenn du einen Liebhaber gehabt hast, hat er in der Straße des Vollen Mondes gewohnt. Soviel ist sicher.“

Es entging dem Richter nicht, daß ein erschrockener Ausdruck über Windekelchs Gesicht flog. Geduldig setzte er seine Untersuchung fort. „Gibt es auch Tiere im Haus?“ fragte er plötzlich.

„Wir halten eine japanische Nachtigall in einem Käfig auf der Veranda, Herr Richter.“

„Vielleicht kann die uns mehr erzählen, Windekelch“, murmelte der Richter. „Sie ist schließlich der Vogel der Verliebten.“ Er schob die Hände in die Ärmel und betrat die Veranda.

Insgeheim ärgerte er sich. Er fand nicht den Hauch eines Beweises, der auf eine Liebesbeziehung von Windekelch mit einem unbekannten Mann hindeutete. Was er tat, war eigentlich nichts anderes als der Versuch, die Frau zu überrumpeln. Solche Methoden mochte er nicht.

In Gedanken versunken stand er einen Augenblick auf der Veranda. Gedankenverloren sah er einen Kater, der in einer sonnenbeschienenen Ecke des Gartens schlief.

„Alle Katzen dieses Viertels müssen vorübergehend abgeliefert werden“, sagte der Richter. „Ein reicher Bewohner des Viertels hat sich beim Gericht darüber beklagt, daß sie hier so toben, daß er kein Auge mehr zumachen kann. Nimm also einen Korb und verschließe das Tier darin."

„Unser Liebling ist ein Kater", rief Windekelch. „Was tut er denn Böses? Er ist immer im Haus und kommt nicht weiter als bis zum Garten."

„Er ist ein Exemplar von seltener Schönheit", antwortete Ooka nachdenklich. „Er hat sogar drei Farben: schwarz, weiß und rot. Das bringt Glück. Setze ihn in einen Korb, Windekelch. Im Gerichtsgebäude laufen zwei schöne Katzen herum, und die Verordnung gegen die Katzen gilt nur für das Jotsuja-Viertel. Die beiden Geishas im Gerichtsgebäude werden sich wahrscheinlich freuen, wenn sie für eine Zeitlang die Gesellschaft deines prachtvollen Haustiers genießen. Wie heißt der Kater?"

„Jade, Euer Ehren. Und er ist drei Jahre alt."

„Jade ist sonst eher ein chinesischer Frauenname", bemerkte der Richter. „Aber ich verstehe es. Seine Augen sind grün wie Jade. Hol ihn und stecke ihn in einen Korb. Und den Korb stelle in die Sänfte. In einigen Wochen lasse ich ihn zurückbringen."

Die ersten Tage wollte der dreifarbige Kater nichts von Ooka wissen. Doch Ooka versorgte ihn täglich, und nach einer Woche begann das Tier, sich überraschend schnell an den Richter zu gewöhnen.

Eines Tages brach der Richter in lautes Lachen aus, als er den Kater, auf seinem Fächer liegend, auf seinem Arbeitstisch antraf. Es ist, als könne das Tier lesen, dachte

Ooka, oder als hätte es das Haiku von Issa auswendig gelernt:

Ausgestreckt auf dem Fächer,
liegt der große Kater;
er schläft.

Der Richter weckte das Tier mit der Rückseite eines Pinsels. Der Kater gähnte, reckte sich und rollte sich dann wieder auf dem Fächer zusammen. Noch einmal stieß der Richter das Tier mit seinem Pinsel wach. „Weg mit dir von meinem Fächer!" rief er.

Das Tier gehorchte faul, sprang vom Tisch und rollte sich auf einem Kissen in der Ecke des Zimmers zusammen.

Plötzlich fuhr dem Richter ein Gedanke durch den Kopf. „Die Dichter haben recht", murmelte er, „man soll nicht alles besser wissen wollen als sie." Er ging zur Ecke des Raums, hob den Kater am Nackenfell hoch und legte ihn wieder auf den Fächer. „Das ist fortan dein Ruheplatz", sagte er amüsiert. „Einen poetischeren Ruheplatz kannst du hier im Haus nicht finden."

Der alte Heitaro hatte schon seit Tagen mit wachsendem Erstaunen beobachtet, wie der dreifarbige Kater auf dem Schreibtisch des Richters schlief, dazu noch mit Vorliebe auf dessen Fächer.

„Der Richter hat wieder was Neues. Ein Kater auf dem Fächer“, murmelte er immer wieder, „ein Kater auf dem Fächer.“

„Was hast du denn?“ fragte Ooka, der das Gemurmel seines ältesten Mitarbeiters hörte.

„Der Kater auf dem Fächer, ich bekomme ihn nicht runter“, antwortete Heitaro. „Er sitzt dort wie eine dieser Porzellankatzen vor dem Teehaus ‚Die Goldene Katze‘, Sie wissen schon, am Eingangstor des Eko-in-Tempels.“

„Ja“, sagte der Richter stolz. „Siehst du, wie er sich an mich gewöhnt hat? Ich habe ihn gelehrt, sich wie ein lebendes Haiku von Issa zu benehmen. Schade, daß ich ihn bald seiner Besitzerin zurückgeben muß.“

„Oh, diese Windekelch“, sagte Heitaro mit Ärger in der Stimme. „Diese Frau macht Ihnen genug Schwierigkeiten ...“

„Nun, es ist eher der Schogun, der uns Schwierigkeiten macht“, meinte Ooka. „Er ist es, der darauf drängt, daß in dieser Angelegenheit ein deutliches Urteil gefällt wird.“

„Glauben Sie denn, daß sie nicht des Ehebruchs schuldig ist?“ fragte Heitaro.

Ooka hob die Schultern. „Ich weiß es nicht, Heitaro. Die Nachbarn sagen kein Wort. Ich besuchte neulich das Haus, konnte aber nicht den Hauch eines Beweises finden. Was sollte man in so einem Haus auch suchen? Ein Liebhaber hinterläßt nun einmal keine Liebkosungen, die man anfassen kann. Ich hätte den Fall längst fallengelassen, würde der Schogun nicht auf eine gründliche

Untersuchung drängen. Er ist der Ansicht, hier gehe es um die Ehre und um den guten Ruf aller seiner Dienstpflichtigen.“ Dann fragte er: „Hast du übrigens den neuen Frühlingstee schon bestellt? Nein? Dann bring mir eine Schale von dem alten. Und gib mir auch eine Liste von allen jungen Männern, die in der Straße des Vollen Mondes wohnen.“

„Sie wollen doch nicht alle jungen Männer aus der Straße des Vollen Mondes verhören?“ fragte Heitaro ungläubig, als er dem Richter die Liste aushändigte, die eine Reihe von Namen umfaßte.

„Natürlich nicht“, antwortete Ooka, „aber es kann auch nicht schaden, diese jungen Leute einmal näher kennenzulernen. Wenn Windekelch einen Liebhaber hatte, muß es einer von ihnen gewesen sein. Ich habe eben eine Sammlung chinesischer Fabeln gekauft. Ich lese jedem von ihnen eine Fabel vor. Das ist eine gute Art, eine notwendige Arbeit zu tun und die Zeit dennoch nicht zu vergeuden, findest du nicht? Ich lese mein Buch, lerne die jungen männlichen Bewohner der Straße des Vollen Monds kennen, und sie werden wohl auch nicht schlechter davon werden, wenn sie eine chinesische Fabel hören.“

Der Richter gab Heitaro die Liste mit den Namen zurück. „Hier, bring sie zu dem Polizisten von Jotsuja. Alle acht jungen Leute, die auf der Liste stehen, sollen sich morgen bei mir zu Hause melden. Der Polizist kann ihnen sagen, daß es hier nicht um eine richterliche Untersuchung geht, sondern um ein persönliches Kennenlernen. Laß sie dann morgen auf der Veranda Platz nehmen und bringe sie nacheinander hinein. Wenn es schon vergebliche Mühe ist, dann ist es wenigstens keine vergebliche Zeit."

„Ach, ach", brummte Heitaro, als er wegschlurfte. „Ein Kater auf einem Fächer. Eine chinesische Fabel für einen Lausbuben. Der Richter hat mal wieder etwas Neues."

Ooka saß vor seinem Arbeitstisch, und der Kater lag zusammengerollt auf dem Fächer. „Laß den ersten von der Liste hereinkommen, Heitaro."

Ein junger Mann kniete vor dem Richter und berührte mit seiner Stirn eine der Flurmatten im Raum. Ooka schaute auf die Liste. „Gonso", sagte er und nickte. „Setz dich. Ich lese dir eine chinesische Fabel vor." Und mit unbewegtem Gesicht las der Richter:

„Überflüssiges Tun ist ein Fehler.

Es lebte einmal ein Herr in China, der seinen Dienern eine Karaffe Wein schenkte. Die Diener waren der Meinung, daß eine Karaffe nicht genug sei für sie alle, aber mehr als genug für einen von ihnen. Darum schlugen sie vor, einen Wettstreit abzuhalten. Jeder von ihnen sollte eine Schlange auf den Boden malen, und wer zuerst fertig wäre, würde die Karaffe Wein in Empfang nehmen können.

Derjenige, der zuerst fertig war mit seiner Zeichnung, wollte nach dem Wein greifen, beschloß dann aber, der Schlange noch ein paar Füße zu malen. Während er noch damit beschäftigt war, beendete ein zweiter sein Bild und griff nach der Karaffe. ‚Das ist keine Schlange', sagte er. ‚Eine Schlange hat keine Füße. Warum malst du sie dann?' Mit diesen Worten setzte er die Karaffe an den Mund, denn der andere hatte verloren, weil er die Schlange überflüssigerweise mit Füßen versehen hatte.

Das ist sie", sagte der Richter, „eine schöne Fabel, findest du nicht?"

Der junge Mann schien ihn nicht zu hören. Er starrte mit offenem Mund zu dem Kater hin, der auf dem Tisch des Richters lag.

„Hast du nie einen Kater gesehen, Gonso?" fragte Ooka freundlich.

„Noch nie einen Kater auf einem Fächer", antwortete Gonso.

„Dann kannst du gehen", sagte der Richter und schaute auf seine Liste. „Frage Heitaro, ob er Kambei zu mir schickt."

Heitaro brachte Kambei herein, und dann konnte er seine Neugier nicht mehr bezwingen. Er blieb an der Tür stehen und lauschte. Er hörte, wie der Richter den jungen Mann beruhigte. Und dann begann Ooka in ruhigem Ton eine neue Fabel vorzulesen:

„Eines Tages traf ein armer Mann einen alten Freund, der ein Himmlischer geworden war. Als der Himmlische hörte, wie sein Freund sich bei ihm über seine Armut beklagte, deutete er mit dem Finger auf einen Stein, der am Weg lag und der sich sofort in einen Goldbarren verwandelte. Er gab ihn seinem Freund. Doch dieser war nicht zufrieden. Deshalb gab er ihm einen großen Löwen aus Gold. Doch der Mann war noch immer nicht zufrieden. ‚Was willst du noch?' fragte der Himmlische.

‚Ich will ...'"

„Nun, Kambei, was glaubst du, was der arme Mann wollte?" fragte Ooka.

„Ich weiß es nicht, Herr Richter", sagte Kambei nach einigem Nachdenken.

Ooka begann leise zu lachen. „Der arme Mann sagte: ‚Ich will deinen Finger.'"

Heitaro lief schnell zur Veranda, um den dritten jungen Mann aus der Straße des Vollen Mondes zum Richter zu bringen.

„Wie gibt's denn das?" sagte er grinsend. „Ein Kater auf einem Fächer, eine Fabel für einen Lausbub, der Finger eines Himmlischen. Der Schogun sollte es hören und sehen können."

„So, Kantaro, setz dich", sagte Ooka zu dem dritten jungen Mann. Er berührte neckend mit dem hinteren Ende seines Pinsels den dreifarbigen Kater auf dem Fächer.

名所江戸百景
浅草田甫酉の町詣
廣重画

„Streichen noch immer Katzen in Jotsuja herum?“ fragte er. Der Kater reckte sich gähnend und rollte sich wieder auf dem Fächer zusammen.

„Nein, Herr Richter“, antwortete Kantaro. „Alle Katzen sind zu der Insel in den Horikiri-Gärten gebracht worden.“

„Gut so“, sagte der Richter. „Ich lese dir eine Chinesische Fabel vor. Sie heißt ‚Ein Segen ist oft verhüllt‘. Hör zu:

Es gab einmal einen alten Mann, der ein Pferd besaß. Eines Tages verschwand sein Pferd. Alle seine Freunde kamen, um ihn zu trösten. Doch der alte Mann sagte: ‚Wer weiß, vielleicht ist das ein glückliches Omen.‘

Nach einigen Monaten kehrte das verlorene Pferd in Begleitung eines zweiten zurück. Die Freunde des alten Mannes hörten es und kamen, um ihn zu beglückwünschen. Doch der alte Mann sagte: ‚Wer weiß, vielleicht ist es ein schlechtes Omen.‘

Einige Zeit später lernte sein Sohn reiten. Er fiel vom Pferd und brach sich ein Bein. Wieder kamen seine Freunde, um ihm ihre Anteilnahme zu bezeugen. ‚Wer weiß‘, sagte der alte Mann, ‚vielleicht ist es ein gutes Omen.‘

Ein Jahr später wurde öffentlich verkündet, daß alle jungen Männer in die Armee müßten, um gegen die Tataren zu kämpfen. Der verkrüppelte Sohn mußte nicht zur Armee, weil sein Fuß lahm war.

Da sagte der alte Mann zu seinen Freunden: ‚Kein Mensch kann sagen, ob das Unglück von heute sich morgen nicht als Segen erweist.‘“

Heitaro ließ hinter der Tür ein zustimmendes Brummen hören.

„Schicke den nächsten, Heitaro“, rief der Richter. Mit einem Blick auf die Liste fügte er hinzu: „Hikobei heißt er.“

Hikobei war ein auffallend schöner junger Mann. Doch es war nicht seine männliche Schönheit, die Ooka am meisten ergriff. Der junge Mann verbeugte sich und berührte, wie die anderen, mit der Stirn die Fußmatte. Dann richtete er sich auf und schaute mit großen Augen den rot-schwarz-weißen Kater an.

„Bist du vielleicht einmal in Windekelchs Haus gewesen?“ fragte der Richter in liebenswürdigem Ton. „In den Tagen, als ihr Mann Arinori in Dienst war?“

Hikobei leugnete das heftig.

„So, so“, sagte der Richter und stach mit dem hinteren Teil des Pinsels nach dem Kater auf dem Fächer. Dieser reckte sich empört und wollte sich wieder auf dem Fächer zusammenrollen. Doch plötzlich schien es, als überlege er. Er stellte sich auf die Pfoten, krümmte den Rücken und fauchte. Dann begann er zu schnurren. Im nächsten Augenblick sprang er vom Tisch des Richters herunter, ging zu Hikobei und rieb sich an dessen Knie.

„Endlich", seufzte der Richter unhörbar. Dann erhob er die Stimme. „Du warst also nie in Windekelchs Haus. Doch ihr geliebter Kater denkt anders darüber. Laut Windekelch ist er nie aus dem Haus gekommen. Das heißt, daß du ins Haus kamst. Ich habe selbst feststellen können, daß der Kater kein Allerweltsfreund ist und daß es einige Zeit gedauert hat, bevor er sich an Fremde gewöhnt. Du bist bestimmt kein Fremder für den Kater. Ich lasse Windekelch nun sofort mitteilen, daß du zugegeben hast, sie während der Abwesenheit ihres Mannes besucht zu haben. Zweifellos gibt sie das dann ihrerseits zu. Doch ein freiwilliges Geständnis von dir könnte die Strafe natürlich erheblich verringern."

„Gut, Euer Ehren, ich gestehe", murmelte Hikobei. Und er schlug einige Male mit der Stirn auf die Matte. „Sie haben recht. Der Kater hat mich verraten."

„Heitaro", rief der Richter. „Sperre Hikobei ein. Und danke den anderen jungen Männern, daß sie hier hergekommen sind.

Und sorge morgen für jungen Schintscha-Tee." Der Richter sprach über seine heiße Teeschale hinweg. „Natürlich hatte ich keinen einzigen Beweis, Heitaro. Ich suchte in Windekelchs Haus nach Hinweisen, doch ich fand nichts, das auf ein früheres verbotenes Zusammensein der Geliebten deutete. Wie sollte das auch möglich sein, nach so langer Zeit. Dann sah ich diesen Kater im Garten. Und ich erinnerte mich an das Haiku Taigis:

Verliebte Katzen
vergessen sogar den Reis
auf ihren Schnurr haaren ...

Verliebte Menschen wischen alle Hinweise auf eine verbotene Liebe weg, im Gegensatz zu Katzen, die nicht daran denken, ihre Liebestaten zu verbergen. Doch auch verliebte Menschen werden zuweilen vergessen, Hinweise zu entfernen – aus einem einfachen Grund: Sie wissen nicht, daß es solche Hinweise gibt. Ein stummer Zeuge, wie man sagt. Der Kater, dachte ich plötzlich. Er war der einzige, der den Fall hätte aufklären können, wenn man ihn zum Sprechen hätte bringen können. Und das ist geglückt."

„Wie Sie sich das immer überlegen, Euer Ehren", grinste Heitaro. „Man könnte fast meinen, daß Sie den Kater in unserem Beruf ausgebildet haben."

„Ein bißchen ist das auch so", sagte Ooka stolz. „Ich habe ihn mit einiger Mühe so weit gebracht, daß er meinen Fächer als persönliche Lagerstätte betrachtete. So hatte ich ihn meistens bei der Hand, falls ich ihn einmal brauchen sollte. Es dauerte natürlich eine Weile, bis der Kater seine eigene philosophische Antwort auf mein Problem gab." „Wenn ich richtig gezählt habe, dauerte es heute jedenfalls drei chinesische Fabeln lang", sagte Heitaro lächelnd. „Oder waren es vier? Denn die Lösung des Problems würde man mit einigem guten Willen auch eine chinesische Fabel nennen können..."

An diesem Abend saß der Richter vergnügt neben seiner koreanischen Laterne. Sie schien kaum zu leuchten. Der Mond strahlte so hell, daß der Himmel aussah wie eine blinkende Schale aus durchsichtigem blauem Porzellan. Die Magnolie mit ihren dunklen Blättern zeichnete sich deutlich gegen das milchblaue Licht ab. Ich werde dieser Tage die Katzen von der Insel holen lassen, dachte Ooka, und sie ihren Besitzern zurückgeben. Wenn der Schogun hört, daß sein Problem durch einen Kater gelöst wurde, wird er sicher bereit sein, Tieren gegenüber eine mildere Haltung einzunehmen. Windekelchs Kater kann ich wohl behalten. Es ist die Frage, ob sie ihren Verräter je wiedersehen möchte.

Lautlos begann der Richter zu lachen. Er tauchte seinen Pinsel in die Tusche seines Tuschsteins. Und mit eleganten Buchstaben schrieb er auf ein Blatt Reispapier:

Verliebte Menschen
verfluchen zu recht
das helle Mondlicht:
Wie leicht enthüllt es
ihr Handeln und Wandeln.

Doch sie, sie vergessen
ein schwaches Lampionlicht,
das vor ihre Füße fällt
und sie verrät.

Wenn die kleine Quelle nicht mehr fliesst, trocknet der grosse Strom aus

oder

Der Fall der bronzenen Wasserbehälter

❖

Gestern hatten die Sommerregen begonnen, und der Regen würde zweifellos wochenlang nicht mehr aufhören. Der Richter liebte die Sommerregen. Sie hinderten ihn zwar daran, die Abende an seinem geliebten Platz neben der koreanischen Laterne zuzubringen, doch auch die Veranda war ihm lieb, wenn er dort Tee trank und den Geräuschen des launischen Juniregens lauschte.

Denn launisch, das war er. Mal schlich er sich raschelnd durch die Blätter des Pflaumenbaums, die, wie der Dichter es ausdrückte, die Farbe der kühlen Brise annahmen, dann wieder tickte er wie mit kleinen Knöcheln zornig gegen den niedrigen Dachrand des Hauses. Oder er trommelte auf das Dach und verschwand dann gurgelnd in der Regenrinne. Die Regenrinne ließ sich in den Tagen der großen Regenfälle wie ein Musikinstrument spielen. Fiel der Regen gemächlich vom Frühlingshimmel, dann war von der Rinne her nicht viel mehr zu hören als von einer kleinen Spieldose. Doch wenn die wirklichen Regenfälle anfingen, dann brachte sie Töne zustande wie das Schlagzeug eines Tempelorchesters. Für einen aufmerksamen Zuhörer brachte die einfache Regenrinne ebensoviel Abwechslung wie das Leben selbst. So jedenfalls sah es der Dichter Buson:

> Ohren meiner alten Jahre:
> lauscht dem Sommerregen,
> der durch die Rinne rauscht.

Ohren meiner alten Jahre – ja, die Ohren eines alten Mannes erkannten das Leben sogar in den Geräuschen einer Regenrinne: Die ungestümen Erwartungen der Jugend, die ratlose Liebe, der stumme Lebenstrieb, der rettungslose Untergang, Versprechungen, Erfüllungen, Enttäuschungen. Es raschelte und rauschte, rumpelte und strömte fort, stockte und erstarb schließlich in einer Regenrinne. Ohren meiner alten Jahre, wiederholte Ooka zum dritten Mal. Aber war er denn schon alt? Er hatte die Fünfzig hinter sich gelassen, doch er fühlte sich noch jung. Oft sogar jünger als in seinen Jugendjahren. Dichter und Denker, dachte er, werden als Greise geboren. Je älter sie werden, desto jünger werden sie – bis sie schließlich Kinder sind. Ihr Alter müßte man eigentlich als ihre Jugend betrachten.

Ooka genoß seine spitzfindigen Gedankengänge. Bis er bemerkte, daß sie eigentlich eine Verteidigung gegen das nahende Alter enthielten. Nein, dachte er, bleiben wir ehrlich: Nur junge Menschen können so ungehemmt lieben und so unendlich traurig sein, daß sie Tränen vergießen, warm wie der Sommerregen. Wie richtig hatte Issa das gesehen:

Sommerregen:
was suchst du
auf den Ärmeln eines alten Mannes?

Eine kleine Welle von Melancholie überspülte die Seele des Richters. Dann sagte er resolut zu sich selbst: Man muß nicht jünger sein wollen, als man ist, und sich ebensowenig älter fühlen, als man ist. Jedes Lebensalter hat seine eigene Jugend. Aber nicht jede Jugend hat die geistige Reife der späteren Jahre. Man braucht nur die Fälle zu betrachten, die mir täglich vorgelegt werden. Die zu lösen verlangt doch eine gereifte Vorstellungskraft. Das sollte mal ein junger Mann versuchen.

Dann wurde an das hohe Holztor des Gartens geklopft.

Hatte er eine Verabredung getroffen? Ooka erinnerte sich, daß ein junger Architekt um eine Unterredung mit ihm gebeten hatte. Im vergangenen Jahr war der Palast des Schogun bis auf die Grundmauern abgebrannt und wurde nun wieder aufgebaut. Der junge Mann, der die Leitung des Wiederaufbaus innehatte, wollte Ooka in dieser Angelegenheit sprechen.

Der Richter sah, wie Rinso, der alte Gärtner, einen Schirm aufspannte und durch den strömenden Regen zum Tor schlurfte. Er stieß die Holztür auf, verbeugte sich und führte dann einen hochgewachsenen jungen Mann unter seinem Schirm zur Veranda. Es war ein vergnüglicher Anblick, wie hoch Rinso den Regenschirm in die Luft halten mußte und wie der alte Mann auf Zehenspitzen neben dem jungen herging. Dieser betrat die Veranda und hörte gar nicht auf mit seinen tiefen Verbeugungen. Irgendwie reizte das alles den Richter zum Lachen: Der unaufhörliche Regen, der alte Rinso auf den Zehenspitzen, der große junge Mann, der sich eifrig verneigte. Das Leben war voller Humor, besonders in der Regenzeit.

Als er nachmittags vom Gerichtsgebäude nach Hause geeilt war und von einem Platzregen überrascht worden war, hatte er amüsiert beobachtet, wie die Menschen sich gegen das Himmelswasser bewaffneten. Eine Geisha hielt sich ihren Fächer über den Kopf, eine Hausmutter eine leere Schüssel, ein alter Mann die Ärmel seines Kimonos und ein Dienstmädchen ein Sieb. Diesen Anblick vor allem hatte der Richter heimlich genossen.

„Tascho – Architekt des Schogun", sagte der junge Mann.

„Nehmen Sie Platz." Der Richter machte eine Handbewegung. „Sie haben mich wissen lassen, daß Sie den Palast des Schogun aufbauen und daß Sie mit irgend etwas Schwierigkeiten haben. Ich kann nicht sagen, daß ich von Problemen, welche die Baukunst betreffen, viel verstehe. Ich bin ein großer Bewunderer der Tempel von Ise. Sie rühren mich immer wieder durch ihre große Einfachheit. Man sieht überall, aus was sie gemacht sind – aus Holz. Ich weiß nicht, wie ich es sagen soll. Der menschliche Körper rührt uns auch an – weil es der menschliche Körper ist."

„Ein Kunstwerk soll nie seine Herkunft verleugnen", stimmte Tascho eifrig zu. „Ich bin ganz Eurer Meinung, Herr Richter. Ein Tempel aus Holz muß vor allem das Holz zu Wort kommen lassen. Ein Kunstwerk aus Bronze, so schön es auch sei, muß in erster Linie die Sprache der Bronze sprechen. Sogar eine einfache Regenrinne."

„Aha", sagte der Richter. „Mit dir kann ich sprechen, junger Mann. Liebst du etwa auch Haikus?"

Tascho nickte.

„Ich bin gerade dabei, mir eine Sammlung von Haikus auf den Sommerregen anzulegen. Kennst du vielleicht Haikus auf den Sommerregen?"

„Dieses", sagte Tascho, „von Buson:

Plötzlich Sommerregen:
die Dorfspatzen
klammern sich an den Grashalmen fest."

„Du bist ein tatkräftiger junger Mann, Tascho", antwortete Ooka fröhlich.

„Wieso, Herr Richter?"

„Ich frage dich nach einem Haiku, und du zitierst es. Du mußt eine Verwandtschaft mit diesem Haiku haben. Ich bin sicher, du bist ein gewissenhafter Mann und zudem ausdauernd und tatkräftig. Ein entscheidender Beweis dafür ist, daß du auf meiner Veranda sitzt. Du hast ein Problem. Du kannst es selbst nicht lösen. Daher kommst du zu mir. Hat das Problem etwas mit dem Aufbau des Palastes zu tun?"

„Nicht direkt, Herr Richter. Es hat nur indirekt etwas damit zu tun. Oder eigentlich hat es direkt damit zu tun. Indirekt, wenn man den Bau des Palastes als eine Aufgabe für einen Architekten betrachtet. Direkt – nun, ich bin nicht nur für den Wiederaufbau des Palastes verantwortlich. Ich muß auch dafür sorgen, daß alles wieder funktioniert wie früher. Zum Beispiel die Trinkwasserversorgung. Sie müssen wissen, daß die acht Wasserbehälter aus Zinn bei dem großen Brand im letzten Jahr vollkommen geschmolzen sind."

„Du bist also direkt mit der Trinkwasserversorgung befaßt", sagte Ooka vergnügt. „Du mußt dafür sorgen, daß neue Behälter herkommen. Sie waren aus Zinn?"

„Sie waren aus Zinn, Herr Richter. Und Zinn schmilzt leicht. Sie wissen besser als ich, Herr Richter, wie oft Edo von großen Bränden heimgesucht wird. Ich bin der Meinung, daß es besser ist, die neuen Behälter aus Bronze zu machen. Sie sind zwar teurer, aber sie werden länger halten."

„Das scheint kein Problem zu sein", sagte Ooka. „Der Schogun ist doch zweifellos deiner Meinung."

„In der Tat, Herr Richter. Der Schogun macht keine Schwierigkeiten. Doch ich habe mit der Rechnungskammer zu tun, und dort dreht man jede Münze dreimal um."

„Ich weiß", sagte der Richter. „Kleine Hunde bellen meist lauter als große. Laß einen genauen Kostenvoranschlag machen, und lege ihn der Rechnungskammer vor."

„Das ist nun gerade das Problem, Herr Richter. Es gibt nur einen guten Bronzegießer in Edo. Er ist wirklich ein Fachmann. Er sagt, daß er unmöglich unter diesen Umständen einen Kostenvoranschlag machen kann. Solche

Wasserbehälter sind eine gewaltige Arbeit. Schon die Ausmaße. Ein einziger Wasserbehälter ist mehr als einen Meter hoch und fast zwei Meter lang. Die Wand muß zweieinhalb Zentimeter dick sein. Acht solcher Wasserbehälter, stellen Sie sich das einmal vor. Der Bronzegießer hat noch nie einen so großen Auftrag erledigt. Er weiß selbst nicht, wieviel Bronze für einen Behälter benötigt werden. Er kann den Preis der gelieferten Bronze erst ausrechnen, wenn er die Wasserbehälter an Ort und Stelle gegossen hat. Wissen Sie, was das bedeutet?"

„Nun?" fragte der Richter.

„Daß er, nach getaner Arbeit, so viel Bronze berechnen kann, wie er will. Kein Sterblicher kann seine Angaben dann noch kontrollieren."

„Ich verstehe, was du meinst", sagte der Richter. „Wenn die Ungetüme erst einmal auf ihren Plätzen stehen, kann niemand sie mehr wegbekommen, um sie zu wiegen. Abgesehen von der Tatsache, daß es keine Waage gibt, die einen solchen Koloß wiegen könnte. Kann man diesem Meisterbronzegießer trauen?"

„Nein", antwortete Tascho entschieden. „Ich kann Ihnen nicht sagen, warum nicht, ich kann auch nichts beweisen, aber ich fühle, daß man ihm nicht trauen kann. Er ist besonders scharfsinnig. Er schimpft ständig auf die heutige Regierung, die so viel edle Metalle ins Ausland exportiert. Die Minerale sind die Knochen des Landes, sagt er. Man muß das Land wie einen menschlichen Körper betrachten. Die pflanzlichen Grundstoffe wie Reis und Flachs, Getreide und Hanf kann man mit dem Fleisch und Blut vergleichen, der Haut und den Haaren des Körpers. Sie erneuern sich leicht. Aber Bodenschätze lassen sich nicht vermehren. Damit ist es wie mit den Knochen des Körpers. Sind sie einmal aus dem Körper genommen, wachsen sie nie mehr nach."

„Schön gesagt", meinte Ooka. „Und sehr richtig. Aber um wieder auf die Bronze der Wasserbehälter zurückzukommen, die vermehrt sich auch nicht, ebensowenig wie die Knochen des Körpers. Doch du hast Angst, daß der Bronzegießer sie auf seiner Abrechnung vermehrt."

Tascho nickte.

„Ein schwieriger Fall", sagte der Richter. „Ein außerordentlich schwieriger Fall. Das Problem bestünde nicht, wäre der Bronzegießer ein ehrlicher Mann. Der Bronzegießer ist der einzige, der das Problem lösen kann. Und an seiner Lösung gibt es Zweifel, weil man an ihm selbst zweifeln muß. ‚Aus dem Krug kommt nichts, was nicht drin ist', sagt der Weise." Der Richter seufzte. „Du magst Haikus, nicht wahr? Nimm meinen Rat an. Wenn du ein schwieriges Problem lösen willst, vertiefe dich in Haikus. Sie stellen ein Problem und lösen es zugleich oft. Du weißt, daß eine Blume sich meist zur Sonne richtet. Aber was ist, wenn es regnet? Das fragt sich Bashô auch.

Mairegen –
dreht die Stockrose sich auch dann
zur Sonne?

Finde die Antwort, Tascho. Es kostet vielleicht Stunden sorgfältiger Beobachtung. Aber im Fall der Wasserbehälter führt sorgfältige Beobachtung zu nichts. Was weiß ein normaler Mensch von der Arbeit eines Bronzegießers. Nur der Meisterkoch kann sagen, was in seiner Küche geschieht. Kennst du vielleicht noch ein Haiku über den Sommerregen, das ich meiner Sammlung hinzufügen könnte?"

„Ein sehr schönes, glaube ich, Herr Richter. Es ist auch von Bashô:

Die Beine des Kranichs
sind kürzer geworden
vom Sommerregen."

„Ein besonders schönes Haiku", sagte der Richter beifällig. „Sehr delikat. Kürzer geworden – die Füße. Ha, ha. Wunderbar beobachtet. Natürlich sind sie gar nicht kürzer geworden. Die Sommerregen haben das Wasser auf den Reisfeldern nur steigen lassen, und die Beine des Kranichs verschwinden zum Teil darin. Schau, dieses Haiku liefert einen wichtigen Beitrag zu unserem Problem. Bashôs Haiku weist eigentlich darauf hin, daß die bestehende Situation durch den Regen völlig verändert ist und daß alles, was vorher zutraf, es nun nicht mehr tut. Das ist die eigentliche Idee, die diesem Haiku zugrunde liegt. Wenden wir es nun auf dein Problem an. Der Palast des Schogun ist abgebrannt. Alle Wasserbehälter sind vernichtet. Alles muß erneuert werden. Doch nicht so, wie es war. Denn die Situation hat sich inzwischen vollkommen geändert. Es ist ein Jahr her, daß der Brand gewütet hat. In einem Jahr müßte sich die Bevölkerung des Palastes zum Beispiel beträchtlich vermehrt haben."

„Auf dem Grund und Boden des Palastes wohnen sicher dreißig Menschen mehr als früher, Herr Richter."

„Siehst du, Tascho, die Situation hat sich geändert. Die Beine des Kranichs sind kürzer geworden. Das Wasser ist gestiegen. Du mußt keine acht Wasserbehälter anlegen, sondern neun – sonst reicht das Trinkwasser bald nicht."

Tascho starrte den Richter mit offenem Mund an. „Sie haben recht", sagte er. „Und das holen Sie alles aus einem Haiku."

„Oh", sagte Ooka, „aus Haikus kann man viel lernen. Sie lehren den Menschen, nachzudenken. Sie sind besonders einfach, und gerade darum bieten sie oft überraschend einfache Lösungen für schwierige Probleme. Unterschätze ihren Wert nie. Wenn die kleine Quelle nicht mehr fließt, trocknet der große Strom aus. Nimm nun dieses Haiku von Buson:

An dem angeschwollenen Fluß
im Mairegen
zwei Häuser.

Zwei Häuser, Tascho. Warum nicht ein Haus an diesem angeschwollenen Fluß? Wenn du diese Frage lösen kannst, hast du das Problem, mit dem du dich beschäftigst, auch gelöst. Dann kann der Bronzegießer dich nicht länger betrügen. Ich habe ja schon gesagt, daß du neun Behälter gießen lassen mußt. Aus dem einfachen Grund, weil nun bereits Bedarf ist an neun Behältern. Nimm einen guten Rat von mir an. Baue zehn. Ein wirklicher Herrscher schaut in die Zukunft. In zehn Jahren gibt es im Bereich des Palastes vielleicht hundert Bewohner mehr. Und es ist doch nicht wahrscheinlich, daß der Palast innerhalb der nächsten zehn Jahre wieder abbrennt, auch wenn Edo eine traurige Berühmtheit wegen seiner Blume des Feuers genießt."

Zum ersten Mal hob Tascho die Hand in bescheidenem Protest. „Sie vergessen die Rechnungskammer", sagte er. „Wenn irgend etwas schiefgeht, werden sie mich sicher mit diesen zwei zusätzlichen Behältern fangen, die ich eigenmächtig habe anlegen lassen. Ich stimme Ihnen zu, Euer Ehren. Aber nach meiner aufrechten Meinung ist der Bronzegießer, trotz seiner schönen, vaterlandsliebenden Theorien, ein schlauer Fuchs. Der Himmel mag wissen, was für eine Bronzerechnung er mir präsentieren wird. Er weigert sich einfach, den Preis im voraus festzulegen, wie ich Ihnen bereits sagte. Er behauptet, selbst noch nicht zu wissen, wieviel Bronze er letztlich für die Behälter braucht, und ich nehme ihm gerne ab, daß er die Wahrheit spricht. Er kann das richtige Gewicht erst hinterher angeben, doch es ist die Frage, ob er dann die Wahrheit spricht. Es läuft darauf hinaus, daß ich die Behauptungen dieses Mannes dann ohne weiteres anerkennen muß. Aber erkennt die Rechnungskammer sie an? Und der Schogun? Ich darf gar nicht daran denken, wie die Wut des Schogun auf meinen Kopf niederprasselt. Wie ein plötzlicher Sommerregen auf die Dorfspatzen, um mit Buson zu sprechen. Doch die hatten wenigstens noch Grashalme, an denen sie sich festklammern konnten. Und was habe ich? Ich kann mich doch unmöglich auf Sie berufen. Sie lösen mein Problem nicht, Euer Ehren, Sie geben mir noch ein Problem dazu."

„Zwei Häuser, Tascho. Darum geht es. Zwei Häuser, nicht eines." Der Richter lachte. „Du kannst dich ganz und gar auf mich berufen, lieber Junge. Auch wenn ich genauso wenig vom Preis für Bronze verstehe wie eine Fledermaus vom Stand der Sonne. Das tut auch nichts zur Sache. Laß in meinem Namen zehn Wasserbehälter bauen. Dann soll der Bronzegießer tun, was er will – eine Schildkröte, die einen Jäger fangen will, wird vom Jäger gefangen. So ist es. Das erkennt man, wenn man einen Fall erst einmal klar vor Augen hat. Auch wenn es weiterhin in Strömen regnet." Der Richter deutete mit dem Zeigefinger zum Rand des Verandadaches.

„Wie lautet das schöne Haiku zur langen Brücke von Seta? Sie wurde von einem unserer besten Holzschnitzer abgebildet. Trotz des Regens ist die Brücke noch immer sichtbar. Dieses Haiku ist von Baschô.

Unverhüllt bleibt nur
im Regen des Mai
die lange Brücke von Seta.

Ha, ha, ha. Wir haben ein Problem mit Wasserbehältern. Und wir tun nichts anderes, als über Sommerregenhaikus zu plaudern. Meine Sammlung wächst. Danke, Tascho. Also handle auf meine Verantwortung. Und fürchte dich nicht vor dem Schogun. Ich bin schließlich sein persönlicher Berater.“
Fast ununterbrochen fiel der Sommerregen, aber das Ende der Regenzeit nahte. Noch eine Woche, und die Welt würde wieder trocknen. Es wird Zeit, daß die Wasserbehälter fertig werden, denn nun können sie noch mit dem reinsten Himmelswasser gefüllt werden, dachte der Richter. Überall glänzten die Bäume und Sträucher vor Nässe, und die Frösche plantschten sogar bis in den Wasserpfützen vor der Tür.

Ookas Nachbar hatte einige Tage zuvor einen Drachen für seinen Sohn gekauft. Doch in den ersten Tagen hatte es keine Möglichkeit gegeben, ihn zum Himmel aufsteigen zu lassen, und man hörte dem Vater und dem Sohn an, daß sie immer mürrischer wurden, jeden Tag mehr,

und der eine machte dem anderen wortlos den Regen zum Vorwurf.

Der Sumidafluß schwoll an, es sah aus, als liefe er Sturm gegen die tiefhängenden schwarzen Regenwolken. Und doch war etwas vom Umschwung zu spüren. Es war, als fühle der Regen selbst, daß sein Ende näher kam. Die Musik des Wassers auf dem Wasser klang leichter. Und manchmal erschien abends bereits ein hellerer Fleck in der nachtgrauen Wolkendecke.

Mairegen,
und eines Abends im Pinienbaum
heimlich der Mond.

Gut vier Wochen waren inzwischen vorbeigegangen. Da erschien der junge Architekt zum zweiten Mal am Tor vor Ookas Haus. Wieder ging der alte Rinso ihm auf Zehenspitzen entgegen, den Regenschirm in der Hand. Diesmal sah der Richter kaum den Humor dieser häuslichen Szene – er sehnte sich nun wirklich nach einem klaren, blauen, wolkenlosen Himmel. Doch er erkannte sofort, daß sich Tascho

offenbar in Aufregung befand. Ooka tat, als merke er nichts.

„Sind die Wasserbehälter jetzt schon fertig?" fragte er leichthin, als ihm der junge Mann gegenübersaß.

Tascho nickte.

„Das ist aber schnell gegangen", sagte der Richter vergnügt. „Zehn Behälter in vier Wochen – der Bronzegießer muß wirklich ein ausgezeichneter Fachmann sein." „Das ist er sicher", antwortete Tascho bitter. „Ein hervorragender Fachmann. Aber noch besser weiß er, wie man die Schatztruhen des Schogun plündert. Er hat einen Preis für die Bronze genannt, der alle Vorstellungen übertrifft. Der Schogun ist wütend auf mich."

„Was hat der Schogun gesagt?" fragte Ooka in liebenswürdigem Ton.

„Er sagte, ich hätte mich offenen Auges vom Bronzegießer betrügen lassen."

„Und was hast du geantwortet?"

„‚Was hätte ich anderes tun können?' habe ich geantwortet. ‚Der Bronzegießer sagte, er wisse nicht im voraus, wieviel Bronze er benötige, er könne die Menge erst feststellen, nachdem er die Behälter gegossen hätte. Nun sind sie gegossen, und niemand kann mehr prüfen, ob er die Wahrheit spricht oder nicht.' Dagegen konnte der Schogun nicht ankommen."

„Und weiter?" fragte Ooka.

„Auch für die Tatsache, daß ich den neunten Wasserbehälter anlegen ließ, hatte der Schogun Verständnis.

Aber der zehnte, Herr Richter, der machte ihn wütend. ‚Als wenn neun Behälter nicht teuer genug wären', hat er gerufen. Ich wagte ihm nicht zu sagen, daß Sie die Verantwortung übernehmen und daß die Idee mit dem zehnten Behälter eigentlich von Ihnen stammt."

„Sehr gut, Tascho. Dann darfst du gleich mit mir um die Ehre streiten. Hiermit übertrage ich dir die volle Verantwortung für den zehnten Wasserbehälter. Geh mit einigen kräftigen Handwerkern zu diesem Behälter, und schlage ihn mit Hämmern in Stücke."

Tascho starrte den Richter mit offenem Mund an. „Aber Sie haben doch gesagt, daß wir ihn in der Zukunft brauchen würden, Herr Richter."

„So ist es, Tascho. Aber die Zukunft ist schon Vergangenheit geworden. Wir brauchen ihn jetzt, um ihn zu vernichten. Schlage ihn zusammen und wiege die Brocken. Und vergleiche sein Gewicht an Bronze mit dem Gewicht, das der Bronzegießer in seiner Abrechnung angegeben hat."

Einige Stunden später kehrte Tascho zu dem Richter zurück. „Dieser Betrüger", zischte er durch die Zähne. „Er hat bei jedem Wasserbehälter ein Viertel mehr an Bronze berechnet. Das heißt, für zweieinhalb Behälter mehr Bronze, als er verarbeitet hat. Einen habe ich nun zerstört. Doch das bringt noch immer einen Vorteil von anderthalb Behältern. Denn dafür braucht der Schogun nun die Bronze nicht zu bezahlen."

„Dann kennst du den Schogun nicht, lieber Junge.“ Ooka lachte herzlich. „Erzähle ihm erst einmal, was du getan hast. Ich kann dir jetzt schon sagen, was der Schogun für die Wasserbehälter bezahlen wird. Nichts. Und als Strafe für den Betrug wird er den Bronzegießer dazu verpflichten, den zehnten Behälter neu zu gießen. Alles, was der Schogun ausbezahlt, ist ein gerechter Lohn für die Arbeiter. Ich kenne den Schogun, ich bin schließlich sein Berater. Und wenn ich mich nicht irre, wirst du eine besondere Auszeichnung bekommen.“

„Wofür?“ stotterte Tascho. „Sie waren es doch, der auf die Idee gekommen ist ...“

„Ach“, sagte der Richter, „du hast mir geholfen, auf die Idee zu kommen, indem du so freundlich warst, mir bei meiner Sammlung von Haikus auf den Sommerregen zu helfen. Erinnerst du dich noch an das Haiku von Buson:

An dem angeschwollenen Fluß
im Mairegen
zwei Häuser.

Als ich es zitierte, dachte ich: Warum stellt Buson nun zwei Häuser an den angeschwollenen Fluß im Mairegen? Ein Haus würde doch ausreichen als Hintergrund, um die Vorstellung des angeschwollenen Flusses in seiner Gewalt aufzurufen. Das zweite Haus ist überflüssig, dachte ich. Nein, dachte ich dann. Wenn ein Dichter zwei Häuser an das Ufer des angeschwollenen Flusses stellt, so hat er dafür einen Grund. Er meint etwas damit. Und dann sah ich es. Das zweite Haus ist überflüssig, doch gerade dadurch verstärkt es sozusagen noch die Schwäche des einen Hauses. Was überflüssig zu sein scheint, spielt in Wirklichkeit eine ausschlaggebende Rolle. Und genauso verhält es sich mit Taschos Problem, dachte ich damals. Neun Behälter braucht er, um den Palast in der nächsten Zukunft mit Wasser zu versorgen. Füge einen überflüssigen Behälter hinzu, hacke ihn in Stücke und wiege ihn. Siehst du?" Der Richter klatschte in die Hände, um Tee zu bestellen.

Auch ein Wurm von der Länge eines Daumens hat die Seele eines halben Daumens
oder
Der Fall der Bambusstöcke

❖

Ooka liebte keinen Ort auf der Welt so wie seinen eigenen Garten. Natürlich hegte er, wie fast jeder Japaner, eine fast abgöttische Liebe für den Berg Fuji, er bewunderte mit tiefer Ehrfurcht den kühlen See am Fuß des heiligen Berges, er genoß auf seinen Ausflügen die einsamen Strände und die ehrwürdigen Wege, umsäumt von jahrhundertealten Moorzypressen – aber sein Garten war ihm so teuer wie das Leben selbst.

Oft saß er abends neben seiner koreanischen Laterne unter dem Magnolienbaum und suchte die Ruhe, welche den Menschen ganz zu sich selbst bringt und ihn zugleich von sich selbst befreit und in die Tiefen des Allgemeinmenschlichen führt, wo alle Gefühle ewig werden und befreit sind von den Fesseln der Zeit. In diesen Augenblicken von Zeitlosigkeit griff er oft nach seinem Pinsel und notierte Gefühle und Gedanken, die er

nicht länger für seine eigenen hielt, sondern einem höheren Wesen zuschrieb, dem es gelungen war, sich von seinem lästigen und zeitlichen Ich zu befreien.

Ooka hatte seinen Garten, der durch eine hohe Umzäunung von der Außenwelt verborgen wurde, von einigen Gärtnern des Schogun anlegen lassen. Der Richter, ein Mann, für den Traditionen heilig waren, hatte sich einerseits streng an die Prinzipien halten wollen, nach denen ein japanischer Garten in Edo angelegt werden sollte. Doch andererseits hatte er sich auch durch seine auf weiten Reisen gesammelten Erfahrungen führen lassen. Angeregt durch die überraschenden Ausdrucksformen, die er auf seinen Reisen in berühmten Gärten gesehen hatte, hatte er Teile seines Gartens so angelegt, wie man sie eher in der Stadt Kioto erwarten würde. Das Ergebnis war, daß Ookas Garten aus mehreren Gärten bestand.

So lag an der Westseite des Hauses ein kleiner Garten,

der ausschließlich aus feinem Sand, rohen und polierten Steinen und vielen verschiedenen Moosarten bestand. Ooka nannte diesen Garten scherzend Momotaro.

Momotaro war der kleine Junge aus dem Märchen, der von einem alten und kinderlosen Ehepaar in einem Pfirsich gefunden wurde. Die alte Frau hatte den Pfirsich, während sie Wäsche wusch, im Fluß treibend entdeckt. Sie nahm die saftige Frucht mit nach Hause, um ihren Mann damit zu überraschen, und als dieser den Pfirsich mit einem Messer öffnete, sprang ein kleiner Junge heraus, nicht größer als ein Finger. Der kleine Momotaro wuchs jedoch schnell, und als er bemerkte, wie arm und bedürftig seine Eltern waren, beschloß er, wie ein echter Held, zur märchenhaften Insel der Geister zu ziehen und ihnen die vielen Schätze abzunehmen, die sie den Menschen geraubt hatten. Auf seinem Weg dorthin traf Momotaro einen Hund, einen Affen und einen Fasanen; mit ihnen zusammen schiffte er sich ein, und mit ihrer Hilfe besiegte er dann die Geister auf der Insel.

Ooka hatte dieses Volksmärchen auf sehr persönliche Weise in seinem Garten abbilden wollen – das Meer war eine Fläche feinen, glitzernden Sandes, das Festland von Japan bestand aus einem felsigen Plateau, das mit vielen verschiedenen grünen, gelben und roten Moosarten bewachsen war, und die Insel der Geister war aus einer Sammlung bizarrer Steine zusammengesetzt. Sogar das Schiff mit seiner Besatzung – Momotaro, der Hund, der

Affe und der Fasan – war von Ooka eigenhändig in diesen Felsengarten eingefügt worden: eine besonders schöne Kombination seltsamer Steinarten, die der Richter auf seinen Reisen gesammelt und kunstvoll in dem feinen, glitzernden Sand zusammengefügt hatte. Der seltsame rote Stein, der den Fasan in dem Steinschiff vorstellte, glich wirklich einem Fasan, der mit seinen Flügeln zu schlagen schien, als wolle er zum Himmel aufsteigen.

Die gewagte Gartenkonstruktion versetzte einige von Ookas Freunden in einen Zustand reinsten Entzückens, andere verblüffte sie vollkommen. Ooka selbst meinte bescheiden, man solle sein Kunstwerk nicht ernst nehmen, er habe mit dem Momotaro-Garten nichts anderes gemeint als eine scherzhafte Darstellung eines Märchens für seine Enkelkinder.

An der Ostseite des Hauses befand sich ein Garten, dessen Prunkstück ein kunstvoller Teich voller Goldkarpfen war.

Der flache Garten, der sich vor dem Studierzimmer des Richters erstreckte, war wieder ganz anders gestaltet: Er entsprach voll und ganz der Tradition von Edo. Steine, Bäume, ein Wasserbecken, eine Steinlaterne und eine Zisterne bildeten die Elemente, aus denen der Garten in seiner Schlichtheit zusammengestellt war. Steingruppen waren in dem flachen Garten aufgebaut wie einsame Inseln, und flache Pfadsteine führten zu dem schattigen Platz, an dem die koreanische Steinlaterne unter dem stattlichen Magnolienbaum stand.

Eines Abends, als der Richter gerade damit beschäftigt war, einen Text aus einem Buch zu lesen, das „Prinz Genji" hieß und von der Hofdame Murasaki geschrieben war, hörte er aus dem Garten vor seinem Studierzimmer streitende Stimmen. Es waren die Stimmen seiner Enkelsöhne. Kasuo und Tadajo waren Vettern, und beide waren vor kurzem zehn Jahre alt geworden.

Dem Richter war schon seit einiger Zeit aufgefallen, daß die beiden Knaben einander nicht mochten. Ooka machte sich Sorgen darüber, doch er war ein viel zu vernünftiger Mann, sich offen in die Angelegenheiten der beiden einzumischen, nun, da die beiden Kinder mit ihren Eltern im großelterlichen Haus zu Gast waren. Zufällig jedoch waren ihre Väter an diesem Morgen abgereist – der eine geschäftlich nach Hakone, der andere nach Kioto –, und die beiden Jungen waren mit ihrer Großmutter und ihren Müttern, Ookas Schwiegertöchtern, allein im Haus geblieben.

Der Richter lauschte eine Weile den streitenden Jungen und versank dann in düsteres Grübeln. In seiner Vorstellung hörte er die jugendlichen Stimmen zu rauhen Männerstimmen werden, die laute Wutschreie ausstießen, und wie diese Schreie dann in harte, metallische Geräusche aneinanderschlagender Schwerter übergingen.

Ooka straffte die Schultern – wie viele Familienfehden hatte er nicht schon vor Gericht behandelt, Familienfehden, die als unschuldig erscheinende Streitereien von

Kindern begonnen hatten und mit der Zeit zu blutigen Racheaktionen zwischen Blutsverwandten ausgewachsen waren.

„Erwärme etwas in zehn Tagen, und es kühlt ab in einer Stunde“, sagte seine Frau immer, wenn sie dort, wo sie jahrelang Liebe und Zuneigung geschenkt hatte, Undank erntete.

Von Lieblosigkeit kann man dasselbe sagen, dachte Ooka. Der Streit einer Stunde kann zu einem jahrelangen Haß werden.

Ooka ließ unwillkürlich die Augen auf den Schriftrollen mit No-Spielen ruhen, die so viele Familientragödien enthielten.

Er stand auf und ging zur Veranda. Gerade sah er noch, wie Kasuo mit einem Bambusstock seinem Vetter Tadajo auf den Kopf schlug.

Er beschloß, einzugreifen und den beiden Vettern im Beisein ihrer Mütter und ihrer Großmutter die Leviten zu lesen.

„Kasuo!“ rief er. „Tadajo! Kommt sofort ins Wohnzimmer.“

„Niemand auf der Welt kann mit jemandem streiten, der nicht streiten will“, begann der Richter. „Dies sind nicht meine Worte, sie stammen von dem großen Denker Lao Tse. Warum ich diese Worte so wichtig finde, daß ich sie euch sage? Weil der Haß eine Kraft ist, die alles zerstört. Haß vernichtet nicht nur denjenigen, auf den er sich richtet, sondern auch denjenigen, der ihn hegt. Unser größter Dramatiker Monsemon Chikamatsu hat es großartig ausgedrückt: ‚Der Rost auf der Klinge kommt aus der Klinge selbst. Das Feuer in einem Zypressenwald hat seinen Ursprung in der Zypresse und vernichtet sie. So kommt der Haß, der einen Menschen beseelt, aus ihm selbst.‘

Dies sagt Chikamatsu, und ich möchte hinzufügen: Haß, den man nicht bekämpft, berührt jedes und jeden – den Feind, die Umgebung und denjenigen, der ihn hegt. Ganze japanische Familien sind ausgerottet worden durch Haß, der seinen Ursprung in einem unschuldigen Streit hatte. Buddha selbst sagt: ‚Haß wird nicht durch Haß besiegt. Haß wird durch Liebe besiegt. So ist in Ewigkeit das Gesetz der Dinge …‘ “

Der Richter schwieg. Er ertappte sich selbst dabei, daß er seine Worte weniger an die Knaben selbst richtete als an deren Mütter und die Großmutter und daß seine Erörterung zweifellos zu tiefsinnig war für seine beiden Enkel. Dann fiel ihm jedoch eine passende Geschichte ein, die er unlängst in einer seiner Bücherrollen gelesen hatte. Es war die Geschichte über Priester Teia, den tätowierten Mönch. Ooka steckte die Hände in die Ärmel seines Kimonos.

„Eines Tages im Frühjahr“, begann er, „sah man zwei Pilger mühsam den steilen Pfad erklimmen, der den Berg Kenji in der Provinz Schikoku hinaufführte. Es waren

Bruder und Schwester, noch nicht einmal ganz erwachsen. Doch trotz ihrer Jugend schleppten sie sich mit langsamen Schritten den Pfad entlang. Denn zehn Jahre lang zogen sie nun schon unaufhörlich von einem Ort zum anderen, angeblich als Pilger, in Wirklichkeit jedoch auf der Suche nach ihrem Todfeind. Als Kinder hatten sie diese Suche begonnen, waren bisher jedoch zu keinem Erfolg gekommen.

Eigentlich hatten sie die Hoffnung schon aufgegeben, und mutlos stiegen sie den Berg Kenji hinauf, auf dem ein Heiligtum viele Pilger anzog. In einem Schrein lag ein Heiliger begraben, der dort schon viele Wunder vollbracht hatte.

Die beiden Jugendlichen trafen auf ihrem Weg einen alten Mann, der Jihei hieß. Er war über siebzig Jahre alt und trug ein steinernes Bild von Jiso auf dem Rücken. Er rühmte ausführlich die Tugenden des Priesters Teia, eines heiligen Priesters, der sich oben auf dem Berg Kenji aufhielt und vorhatte, dort achtundachtzig Steinbilder von Jiso aufzurichten. Der alte Mann hatte die Aufgabe, die Figuren, eine nach der anderen, auf seinem Rücken hinaufzutragen.

Als die jungen Menschen aus seinem Mund vernahmen, daß der Priester auf dem Berg aus dem Norden stammte, machte das Mädchen eine Gebärde der Überraschung. Sie spornte ihren Bruder an, schneller zu gehen, um den heiligen Priester so bald wie möglich zu treffen. Als sie ihn fanden, verrichtete er gerade seine Bußübungen, die er zweimal am Tag vornahm. Er stand in dem eiskalten Strahl des Wasserfalls, der aus großer Höhe herunterstürzte. Dabei sang er laut und unaufhörlich das Sutra.

‚Wir sind Kijoharu und Mate vom Ichikawa-Stamm, die beiden Kinder von Kijonari Magara, den du vor zehn Jahren ermordet hast‘, schrien die beiden jungen Pilger über das Rauschen des Wassers hinweg, sobald sie den Priester gesehen hatten. Denn sie hatten in ihm sofort ihren Feind erkannt, nach dem sie schon die ganzen Jahre gesucht hatten. ‚Du bist ohne Zweifel Tosai Ichikawa, obwohl du dich als ein Hund von einem Priester verkleidet hast.‘

Sie forderten den Priester auf, sofort unter dem Wasserstrahl hervorzukommen und mit ihnen zu kämpfen.

Priester Teia jedoch ließ sich von ihrer drohenden Sprache nicht beeindrucken, er setzte seine Bußübung, das eiskalte Bad, fort, und als er fertig war, kam er ruhig unter dem Wasserfall heraus und blieb vor ihnen stehen.

Tosai Ichikawa, denn das war der weltliche Name des Priesters Teia, und Kijonari Magara, der Vater der beiden jungen Pilger, waren Vettern aus der Ichikawa-Familie. Anläßlich eines Familienzwists hatte Ichikawa versehentlich Magara getötet. Seither war er aus der Familie verschwunden. Zuerst zog er zum Berg Hijei, wo er sich unter Priester Gakunen zum Buddhismus bekehrte, dann ging er zum Berg Kenji in der Provinz Schikoku.

‚Ich bin bereit, von euch den Gnadenschlag zu empfangen‘, sprach Priester Teia, nachdem er seinem Neffen und seiner Nichte erklärt hatte, was damals geschehen war. ‚Doch ich habe Angst, daß sich euer Schwert als

kraftlos erweisen wird. Wie scharf es auch sein mag – es ist nicht stark genug, um mich zu töten.‘

Nach diesen Worten legte Teia sämtliche Kleider ab: er hatte sich das Bildnis ihres Vaters auf den Rücken tätowieren lassen. So trug er Tag und Nacht das Bildnis seines Vetters, dem er Unrecht getan hatte, auf dem Körper, und er unternahm immer wieder als Buße die asketische Reinigung, während er Gebete für die Seelenruhe des Toten sprach. Er hatte der Welt abgeschworen für das Seelenheil seines Vetters Magara.

Die jugendlichen Pilger waren so beeindruckt von der edlen Tat des Mannes, den sie für ihren Feind gehalten hatten, daß sie nicht mehr daran dachten, ihm etwas Böses zu tun. Im Gegenteil, beide bekehrten sich zur Lehre

Buddhas, ließen sich die Tonsur scheren und blieben bei dem Priester Teia, um gemeinsam mit ihm für die Seelenruhe ihres Vaters zu beten.

Und so", schloß Richter Ooka, „beweist sich die Richtigkeit der Worte des großen Lao Tse: ‚Niemand auf der Welt kann mit jemandem streiten, der nicht streiten will.'"

Zu seiner Befriedigung bemerkte der Richter, daß seine Enkelsöhne der Geschichte mit großer Aufmerksamkeit gelauscht hatten. „Geht wieder in den Garten spielen", sagte er und winkte mit dem Ärmel seines Kimonos. Dann fügte er, seine Frau und die Schwiegertöchter zufrieden anschauend, hinzu: „Ach, es ist nur eine Sache der sinnvollen Aufklärung. Wer die Gefühle eines Menschen verändern will, muß damit beginnen, seine Vorstellungen zu verändern. Es ist eine Sache der richtigen Reihenfolge. Oder, um es in der Sprache der Samurai zu sagen: ‚Wer den General niederschießen will, muß erst sein Pferd niederschießen.'"

In diesem Moment war wieder lautes Geschrei aus dem Garten zu hören, und Ooka und die drei Frauen sahen, wie Tadajo seinen Vetter Kasuo in den Karpfenteich stieß. Ookas Frau konnte ein Lächeln nicht unterdrücken. „Nun ja, wer den General niederschießen will, muß erst sein Pferd niederschießen ...", murmelte sie. „Aber es sind nur kleine Jungen, Ooka. Und die bringst du mit einer weisen Lektion nicht sofort auf andere Gedanken. Du könntest ebensogut versuchen, die Sonne mit einer Pfauenfeder zu kühlen ...“

Ooka hatte die gemurmelten Worte seiner Frau nur allzu gut verstanden. Auch das Lächeln auf den Gesichtern seiner beiden Schwiegertöchter entging ihm nicht. „Du hast vermutlich recht“, brummte er. „Ich ging davon aus, daß die Jungen nach mir geraten und man daher vernünftig mit ihnen sprechen kann. Doch offenbar geraten sie mehr nach dir.“ Der Richter erschrak etwas über seine eigenen Worte. „Das ist offenbar nicht immer zu ihrem Vorteil“, fügte er versöhnend hinzu, während er sich umkehrte und in sein Studierzimmer schlurfte. Er hatte im eigenen Familienkreis das Gesicht verloren.

Er schaute durch die offene Schiebetür hinüber zu der koreanischen Laterne und der dunkelblättrigen Magnolie und fragte sich, wie er dies wieder ungeschehen machen konnte. Zerstreut sah er zu, wie sein Gärtner Namura dabei war, mit der Bambusharke heruntergefallenes Laub zusammenzurechen. Langsam erhellte sich sein Gesicht, und es wurde immer heller, je klarer sich ein Plan in seinem Geist formte. Er rief Namura und unterhielt sich geraume Zeit leise mit ihm, bevor er ihn mit einem Auftrag aus dem Haus schickte.

Ungefähr eine Stunde später ließ der Richter Kasuo und Tadajo ins Wohnzimmer rufen und bat seine Frau und die Schwiegertöchter, ihn für einen Augenblick mit den Jungen allein zu lassen, wohl wissend, daß sie durch die

dünnen Wände aus Reispapier jedes Wort des Gesprächs, das er mit ihnen führen wollte, hören könnten.

Er kam nicht auf die erhabene Lektion des Vormittags zurück, sondern sagte in nüchternem Ton: „Ihr seid nun beide zehn Jahre alt und somit alt genug, um für mich einen Auftrag auszuführen. Hier habe ich eine Reihe von Papieren, die dringend zu meinem Freund, dem hochedlen Kichira, gebracht werden müssen. Ihr kennt beide den Weg zu seinem Haus. Wer den Auftrag am besten ausführt, erhält eine Belohnung. Wir kommen aus einer alten Familie von Samurai, und da wir nun als Männer miteinander sprechen: Ihr habt genug Rittergeschichten gehört, um zu wissen, daß der am höchsten angeschrieben ist, der den meisten Mut zeigt und das größte Pflichtgefühl beweist. Nun, ich finde es an der Zeit, festzustellen, wer von euch beiden wirklich die Tugenden der Samurai besitzt.“ Der Richter raschelte mit seinen Papieren, teilte sie auf, gab die eine Hälfte Kasuo, die andere Tadajo. „Tut euer Bestes!“ sagte er.

Die Mütter der beiden Jungen, die alles gehört hatten, flüsterten eifrig hinter der Reispapierwand mit Ookas Frau. Warum hatte er morgens die Verträglichkeit als höchstes Gut gepredigt, fragten sie sich, während er nun zielstrebig die Eifersucht zwischen den beiden Vettern weckte.

Der Richter, der die geflüsterten Worte der Frauen zwar nicht verstehen konnte, wohl aber vermutete, worum es ging, lächelte und wartete mit undurchdringlichem Gesicht auf das, was kommen würde.

Er brauchte nicht lange zu warten. Kasuo stob ins Haus herein, die Papiere unter dem Arm. Doch er war übel zugerichtet, und seine Kleider waren schmutzig und verknittert.

„Wieder gekämpft?“ erkundigte sich der Richter freundlich.

„Ich bin von einem großen Jungen angefallen worden“, keuchte Kasuo. „Er versperrte mir den Weg und verlangte ein Kupferstück als Zollgeld. Ich hatte kein Geld, und als ich deinen Auftrag trotzdem ausführen wollte, hat er mich verprügelt. Aber die Papiere habe ich sicher beschützt ...“

Der Richter nickte zufrieden. In diesem Moment stürmte Tadajo ins Haus. „Ich habe mir die größte Mühe gegeben, ehrwürdiger Großvater“, schrie er und winkte mit den Papieren. „Aber ein riesiger Junge hielt mich zurück und verlangte Lösegeld. Ich habe mich gut gewehrt, aber ich war ihm nicht gewachsen.“

Ooka hörte mit Vergnügen, wie die flüsternden Stimmen hinter dem Reispapier immer heftiger wurden. Die Frauen waren offensichtlich nicht mit der Handlungsweise des Richters einverstanden und äußerten ihre Meinung immer lauter. Dies jedoch schien den Richter in seinem ursprünglichen Vorhaben nur noch zu stärken.

„Wir kommen aus einer alten Samurai-Familie“, wiederholte er streng. „Und ich bestehe darauf, daß die Aufträge ausgeführt werden." Er rief in den Garten: „Namura, bring mir drei Bambusstöcke."

Der Gärtner kam augenblicklich mit drei Bambusstöcken herein. Ooka betrachtete sie einen Augenblick, dann nahm er einen in beide Hände, bog ihn und brach ihn mit einiger Mühe entzwei. Dann nahm er die beiden noch verbliebenen Stöcke zusammen und versuchte, auch sie in der Mitte durchzubrechen. Es gelang ihm nicht.

„Schaut", sagte er. „Ein Stock allein ist dünn und zerbrechlich. Zwei Stöcke zusammen sind jedoch nicht zu zerbrechen. So ist es auch mit Menschen. Allein könnt ihr gegen einen größeren Jungen nichts ausrichten, aber zusammen seid ihr zweifellos stärker. Angesichts eines gemeinsamen Feindes kann sich niemand den Luxus persönlicher Uneinigkeit erlauben." Er reichte Kasuo und Tadajo je einen der Bambusstöcke. „Und jetzt wird der Auftrag ausgeführt", schloß er.

Eine Stunde später kamen die Jungen zurück, zerschundener als vorher. Doch beide waren fröhlich.

„Wir haben es geschafft!" schrie Kasuo. „Dieser Schuft hat wieder auf mich gewartet und packte mich, als ich nicht bezahlen wollte. Da sprang ihm Tadajo auf den Rücken. Er mußte mich loslassen und griff nach Tadajo. Aber ich habe ihn mit meinem Stock getroffen, und er ist hingefallen. Im nächsten Augenblick sind wir beide auf ihm gesessen und haben ihn verhauen. Und dann haben wir die Papiere beim ehrwürdigen Kichira abgegeben."

„Ihr habt beide eine Belohnung verdient", antwortete Ooka. „Wenn ihr so weiter macht, könnt ihr gemeinsam große Taten vollbringen. Ich sah, wie ihr gestern versuchtet, über die Gartenmauer zu klettern und wie es euch beiden nicht gelang. Es wäre sehr leicht gegangen, hättet ihr euch geholfen."

„Du hast recht, Großvater", sagte Tadajo, und zu Kasuo gewandt, fuhr er fort: „Ich hätte Lust, diesen Kerl noch einmal zu verhauen. Sollen wir ..."

„Beruhigt euch!" unterbrach ihn Ooka schnell. „Es ist gegen das ritterliche Gesetz der Samurai, einen überwundenen Feind ein zweites Mal zu züchtigen. Er ist ein Mensch und kein Wurm. Außerdem: Auch ein Wurm von der Länge eines Daumens hat die Seele eines halben Daumens ..."

In seinem Studierzimmer führte der Richter in gedämpftem Ton folgendes Gespräch mit seinem Gärtner.

„Sie haben ihn doch nicht zu hart angefaßt?"

„Ich habe gut aufgepaßt, Exzellenz. Sie haben ihn gut angepackt, aber nicht zu hart. Sonst hätte ich eingegriffen, wie Euer Exzellenz es mir aufgetragen hat."

„Geh jetzt zu dem Jungen, Namura, und bezahle ihm doppelt soviel, wie wir vereinbart hatten", sprach Ooka. Nach einigem Nachdenken fügte er hinzu: „Besuche auch seinen Vater und sage ihm, daß ich eine gute Stellung für seinen Sohn weiß, sobald er mit der Schule fertig ist."

Daraufhin ging der Richter auf die Veranda und holte tief Luft. Es war sehr still im Haus und im Garten – ein deutliches Zeichen, daß es dem Richter gelungen war, doch noch sein Gesicht zu wahren.

Auch ein vertrockneter Baum blüht manchmal

oder

Der Fall des Weidenbaums als Zeuge

❖

Richter Ooka betrachtete lächelnd das Briefchen, das der Laufjunge des Grünen Drachen ihm gebracht hatte. Es stammte von Richter Kujo, der ihm mitteilte, daß er sich einige Tage in der Hauptstadt aufhalte und es ihm ein großes Vergnügen wäre, wenn der Richter an diesem Abend einen Becher Wein mit ihm trinken wolle.

Der Richter ging zu seinem Schreibtisch, ergriff seinen Pinsel und teilte Richter Kujo mit, daß er an diesem Abend mit ihm rechnen könne. Dann gab er dem Laufjungen den Brief. Vergnügt steckte er die Hände in die Ärmel seines Kimonos. Richter Kujo war zwar ein Rivale Richter Ookas, doch im Lauf der letzten Jahre hatte er begonnen, ihn immer mehr als Freund und geistigen Gesprächspartner zu betrachten. Und als Kenner von Haikus. Deshalb freute sich der Richter besonders über diese Einladung.

„Und wie stehen die Dinge, Ooka?“ fragte Kujo, während er die Becher füllte. „Haben Sie noch Zeit, Ihre geliebten Dichter zu lesen?“

Ooka nippte an seinem Becher. „In der letzten Zeit ist viel los“, seufzte er. „Jeden Tag habe ich einen neuen Fall zu behandeln. Es ist seltsam, wie viele Menschen es gibt, die den Weg der kleinen Missetaten wandern. Schwindler und Diebe. Aber es gelingt ihnen dennoch, uns von sinnreicher Geistesarbeit abzuhalten. Manchmal frage ich mich auch: Warum haben wir eigentlich lesen gelernt? Um Prozeßakten zu studieren?“

„Langsam sieht es wirklich so aus“, bestätigte Kujo. „Die klassischen Schriftsteller in unseren Bibliotheken verstauben allmählich. Und wenn man bedenkt, mit welcher Hingabe und Leidenschaft man früher gelesen hat. Sogar die einfachsten Menschen. Kennen Sie die Geschichte des armen chinesischen Studenten Kio Ko? Er verdingte sich als Tagelöhner bei einem Gutsherren, der viele Bücher besaß, und bat als Lohn, diese Bücher lesen zu dürfen. Später wurde er ein großer Gelehrter und Minister des Reichs.“

„Und der Chinese Sha-in“, sprach Ooka, „der war ebenso lernbegierig. Doch er war zu arm, um sich eine Lampe anzuschaffen. Deshalb fing er Glühwürmchen und tat sie in einen durchsichtigen Sack aus Musselin. Bei ihrem Licht las er dann seine Bücher.“

„Eine wunderbare Geschichte, Ooka“, sprach Kujo beifällig. „Die alten Chinesen waren doch erfinderische

Schöngeister. Als Son Ko kein Öl mehr hatte, um seine Lampe zu füllen – es war mitten im Winter –, häufte er Schnee auf und setzte sich daneben, um in dem Licht, das der Schnee gab, sein Buch fertig zu lesen, ha, ha.“

Die Stimmung der beiden Männer wurde immer besser. Es war ein schöner Abend. Sie saßen auf der Veranda und schauten über den Teich und die Trauerweide, die bei dem milden Frühjahrswetter ausgeschlagen hatte und deren Zweige herunterhingen wie die grünen Haarsträhnen einer Geistererscheinung. Kujo folgte Ookas Blick und bemerkte leichthin: „Sie denken wohl an eine Weide, Kollege. Und wenn Sie an eine Weide denken, dann bestimmt auch an ein Haiku auf eine Weide.“

„Sie sind ein vortrefflicher Menschenkenner“, antwortete Ooka bewundernd. „Es fehlte noch, daß Sie mir sagen, an welches Haiku ich denke.“

„Darf ich raten?“ fragte Kujo. „Es gibt natürlich Hunderte Haikus über Weiden. Aber da ich Sie kenne, würde ich sagen: es ist ein Haiku von Issa.“

Ooka nickte bestätigend.

„Also von Issa“, fuhr Kujo fort. „Dann ist es entweder dieses:

Wie schlank:
gerade neben dem Berg Fuji
der Weidenbaum.

Oder es ist das Haiku, in dem die Linie einer Weide mit der welligen Linie einer grauen Katze verglichen wird,

nein, das finden Sie wahrscheinlich doch etwas zu gewählt. Es ist dieses, möchte ich wetten, in dem Issas Welt plötzlich stillzustehen scheint:

Als wäre nie etwas geschehen:
die Krähe
und die Weide."

„Es war das erste, Freund", sagte Ooka begeistert. „Wie Sie so treffsicher raten können, ist mir ein Rätsel, doch es beweist mir, daß Sie ein guter Menschenkenner sind."

Kujo räusperte sich bescheiden. „Wenn ich es so gut geraten habe, Ooka, darf ich Ihnen vielleicht noch eine Frage stellen. Warum konzentrierten Sie sich so auf diesen Weidenbaum? Denn daß Sie das taten, war Ihrer Haltung anzusehen."

„Wirklich?" fragte Ooka verwundert. „Nun, ich will es Ihnen gern erzählen. Ein Weidenbaum ist der einzige feste Punkt in einem Fall, den ich morgen behandeln muß. Der Weidenbaum ist nämlich der einzige Zeuge eines Verbrechens, sofern es denn ein Verbrechen war. Nun ist ein Weidenbaum ein stummer Zeuge, und stumme Zeugen sprechen nicht. Also sind sie für ein Gerichtsverfahren wertlos."

Kujo blickte seinen Kollegen von der Seite an. „Das stimmt, stumme Zeugen sind wertlos. Man kann sie nur durch Foltern zum Sprechen zwingen. Doch einen Weidenbaum kann man schwerlich foltern."

„Vielleicht, wenn man ihn umhackt“, murmelte Ooka.

„Sie scherzen, Kollege“, sagte Kujo.

„Vielleicht haben Sie recht“, antwortete Ooka. „Wie dem auch sei, der Weidenbaum ist der einzige feste Punkt, den ich in jenem Fall erkenne, den ich morgen behandeln muß. Alles übrige ist so vage, wie etwas in dieser verfließenden Welt nur sein kann.“

„Sie haben mich neugierig gemacht“, sprach Kujo. „Haben Sie etwas dagegen, daß ich der morgigen Sitzung beiwohne?“

„Überhaupt nicht“, antwortete Ooka. „Doch ich glaube nicht, daß einer von uns beiden etwas klüger davon werden wird. Ich sehe keinen einzigen Lichtschimmer. Was das betrifft, könnte man besser ein Buch lesen beim Licht einer Handvoll Glühwürmchen in einem Musselinsack oder beim Licht eines Haufens frischgefallenen Schnees.“

Die beiden Männer griffen lächelnd nach ihren Weinbechern.

„Das ist ein Ainu“, sprach Kujo am folgenden Morgen und deutete auf einen der beiden Geladenen, die vor Ooka erschienen waren. „Man sieht es deutlich an seinen langen schwarzen Haaren, seinem üppigen Schnurrbart und seinem langen Bart. Merkwürdige Menschen, diese Ainus. Es wird manchmal behauptet, sie seien die ursprünglichen Bewohner Japans gewesen.“

„Er heißt Mompei“, antwortete Ooka. „Er behauptet,

von dem anderen Mann namens Gohei bestohlen worden zu sein. Ich eröffne die Sitzung, Kollege. Dann können wir ihre eigenen Worte hören."

Ooka eröffnete mit einem kurzen Tippen seines Fächers die Verhandlung. „Geladener Mompei", sprach er ruhig, „du beschuldigst den Geladenen Gohei, dich bestohlen zu haben. Möchtest du uns einen kurzen Bericht des Geschehens geben?"

„Vorgestern ging ich den Regenbogenkanal in Edo entlang, Euer Ehren, als ich diesen Gohei entdeckte. Ich erkannte ihn sofort. Er stahl mir vor sechs Monaten meinen Geldbeutel."

„Wo fand das statt?“ fragte Ooka.

„In Ochanomisu, Euer Ehren.“

„Gab es Zeugen?“

„Zeugen waren keine da, edler Herr. Es war Nacht. Aber es gab ein blasses Mondlicht, so daß ich das Gesicht und die Gestalt Goheis deutlich erkennen konnte.“

„Nacht ... blasses Mondlicht ... kein einziger Zeuge“, wiederholte Ooka.

„Nur eine Trauerweide, Euer Ehren“, fügte Mompei hinzu. „Wie ich Ihnen gestern bereits erzählte, eine schöne, schlanke Weide. Ich erinnere mich so genau an den Baum, weil ich ein Gebet an ihn richtete, kurz bevor ich überfallen wurde. Sehen Sie, ich glaube, daß Trauerweiden von anmutigen Geistern bewohnt werden, die uns beschützen.“

„Eine Trauerweide“, wiederholte Ooka träumerisch. „Das Gebet hat dir aber nicht viel geholfen, Mompei.“ Er senkte die Stimme. „Eine Trauerweide in Ochanomisu“, wiederholte er leise. „Was hat der Verdächtigte Gohei darauf zu sagen?“

Der Verdächtigte Gohei war ein kleiner, aufbrausender Mann mit einer Narbe über dem rechten Auge. Er kam sofort in Bewegung. „Nie in Ochanomisu gewesen, Euer Ehren“, sprach er in kurzen, abgerissenen Sätzen. „Diesen Mann nie gesehen. Vorgestern zum ersten Mal. Würde mich sonst bestimmt erinnern, Ainus selten.“

„Warum, glaubst du, sollte er dich denn beschuldigen?“ fragte Ooka.

„Hat vielleicht sein Geld verloren“, antwortete der kleine Mann. „Will das vor niemand zugeben. Beschuldigt mich als Dieb. Hat vielleicht auch gar nichts verloren. Tut, als wäre er bestohlen worden, und benutzt sein Geld für etwas Geheimes.“

Ooka fächelte sich etwas Kühle zu. „Es ist warm“, murmelte er. „Ich säße lieber mit Ihnen in einem Teehaus, Kujo.“

„Es gibt tatsächlich keinen einzigen Beweis“, antwortete dieser. „Andere Richter würden jetzt die Folter anwenden. Dieser Gohei scheint mir tatsächlich ein Schlaukopf zu sein. Es fragt sich, ob er seine Zunge noch so gut gebraucht, wenn er auf das Rad gespannt wird.“

„Ich foltere nicht“, sagte Ooka kurz.

„Nun, die Weide nützt Ihnen jedenfalls nichts“, bemerkte Kujo. „Eine Trauerweide ist nicht nur ein trauriger, sondern auch ein stummer Zeuge. Diesen können selbst Sie nicht zum Sprechen bringen, Ooka, auch wenn Sie gestern abend offenbar mit diesem Gedanken gespielt haben.“

Ein leichtes Lächeln erschien auf Ookas Gesicht.

„Geladener Mompei“, sprach er laut, „bleibst du bei deiner Erklärung, daß der Geladene Gohei dich bestohlen hat, daß dies in Ochanomisu stattfand, daß es Nacht war und der einzige Zeuge des Diebstahls ein Weidenbaum war?“ Der Ainu nickte schweigend.

„Wenn du deiner Sache so sicher bist“, sprach Ooka spitz, „dann gehe nach Ochanomisu, hacke den Weidenbaum um, und bringe ihn hierher. Ich fordere ihn vor Gericht als Zeuge. Doch ich hoffe für dich, daß er tatsächlich eine Erklärung abgibt."

Der Ainu starrte Ooka mit offenem Mund an.

„Verschwinde sofort nach Ochanomisu", rief Ooka mit lauter Stimme, „und hacke diesen Weidenbaum um. Hast du mich verstanden?"

Der Ainu sprang auf und verschwand aus dem Gerichtssaal.

„Und du bleibst hier", sprach Ooka zu Gohei. „Möglicherweise erklärt der Baum, daß Mompei eine falsche Beschuldigung gegen dich vorgebracht hat. Dann bist du von jedem Verdacht befreit, obwohl bis jetzt kein dringender Tatverdacht besteht, natürlich."

Gohei hob erfreut die Hände. „Sie sind großartig, Euer Ehren", rief er. „Nun sehe ich es selbst. Sie sind in der Tat der weise Richter, von dem man immer spricht."

„Ein langer Satz für deine Verhältnisse", sprach Ooka. Er sah, wie Richter Kujo etwas gelangweilt seinen Fächer aus dem Gürtel seines Kimonos zog, um sich etwas Kühlung zuzufächeln. „Sie sehnen sich nach Tee, Kollege", sprach er leise hinter seinem Fächer. „Bringen Sie noch etwas Geduld auf? Der Weidenbaum ..."

„Sie sind der seltsamste Richter, den ich kenne, Ooka", antwortete Kujo. „Sie weigern sich, einen Menschen zu foltern. Also foltern Sie einen Weidenbaum. Sie lassen ihn umhacken und verlangen ihn als Zeuge. Wie lange soll dieses Schauspiel eigentlich dauern?"

„Nicht so lange, wie Sie fürchten, hoffe ich“, flüsterte Ooka hinter seinem Fächer. „Sie müssen nämlich wissen, daß es zwei Ochanomisus gibt. Das eine ist ein Viertel in dieser Stadt, es liegt direkt hinter dem Kanda-Viertel. Das andere ist ein Ort dieses Namens, mehr als eine Tagesreise von Edo entfernt. Verstehen Sie ...“

„Nein, ich verstehe nichts“, antwortete Kujo.

„Einen Augenblick“, flüsterte Ooka, während er den Fächer niederlegte. Dann sprach er laut: „Kommen Sie, Kollege, gehen wir zum Teehaus.“ Zu dem kleinen Mann mit der Narbe gerichtet, fügte er freundlich hinzu: „Und du wartest hier, bis Mompei mit seinem Weidenbaum zurück ist.“

„Eine kleine Gunst, Euer Ehren“, rief der ungeduldige Mann mit der Narbe aus. „Darf ich auch nach Hause? Habe Geschäfte. Erleide Verlust. Komme nächste Woche wieder zurück.“

Der Gesichtsausdruck Ookas veränderte sich merkbar. „Was ist das, Gohei?“ rief er in verletztem Ton. „Wie wagst du es, den Gerichtshof hinter deinen eigenen Geschäften zurückzustellen? Mompei kann in einer Stunde zurück sein. Ochanomisu liegt gerade auf der anderen Seite des Kanda-Viertels. Wirklich, ich könnte dir eine Buße auferlegen lassen wegen dieser deutlichen Mißachtung des Gerichts.“

„Verzeihen Sie, daß ich Sie unterbreche, Euer Ehren. Häufiger Name: Ochanomisu. Dieses Ochanomisu liegt in der Provinz Saitama.“

六十余州名所圖会
肥後
五ヶの庄

„Das ist mehr als eine Tagesreise von hier“, sprach der Richter verträumt. „Wenn das in der Tat so ist …“

„Sicher, Euer Ehren. Baum am Rand eines Abgrunds. Wenn Mompei ihn umhackt, fällt er in den Fluß. Treibt auch noch ab. Mindestens bis …“

„So, so“, sagte der Richter.

Plötzlich schwieg Gohei erschrocken.

„Du kennst dich besonders gut aus an dem Ort, von dem du behauptest, nie dort gewesen zu sein, Gohei. Du lauerst dort regelmäßig Menschen auf, um sie zu berauben. Wir brauchen den Weidenbaum nicht mehr. Unser stummer Zeuge hat schon gesprochen, während er noch am Rand des Abgrunds steht. Du liegst schneller drin als er. Denn ich erkläre dich für schuldig.“

Ooka nahm eine Süßigkeit aus einer Schale und schob sie dann Kujo zu.

„Natürlich wird der Baum nicht umgehackt, Kollege“, sagte er. „Sie werden es vielleicht nicht glauben, aber in diesem Punkt bin ich überempfindlich. Ich glaube, genau wie Mompei, daß Weidenbäume von anmutigen Geistern bewohnt werden. Ich ließ Mompei noch nicht einmal nach Ochanomisu gehen. Die Saalwächter sagten ihm, daß er den Befehl nicht auszuführen brauche, sondern so lange in der Halle des Gerichtsgebäudes warten solle.“

„Sie sind ein Dichter“, unterbrach Kujo ihn. „Wer löste je einen Rechtsstreit mit Hilfe eines stummen Zeugen.

Mit einem Weidenbaum als vollkommen stummem Zeugen?“

„Ein stummer Zeuge.“ Ooka lachte herzlich. „Das dachte ich anfänglich auch, Verehrter. Doch es war kein stummer Zeuge. Es war ein vielsagender Zeuge. Denken Sie nach. Ein Mann, der sagt: ‚Ich wurde neben einem Weidenbaum bestohlen‘, könnte lügen. Doch ein Mann, der hinzufügt: ‚Ich erinnere mich an den Weidenbaum, weil ich ein Gebet an ihn richtete, direkt bevor ich überfallen wurde‘, der spricht die Wahrheit.“

„Ich verstehe nun jedenfalls, warum Sie gestern abend die Weide vor dem Grünen Drachen so gebannt betrachteten“, sagte Kujo. „Es sah aus, als würden Sie ein Gebet an ihn richten ...“ „Das tat ich auch. Und ich wurde erhört“, sprach Ooka bescheiden. „Mompei hatte mir ja erzählt, daß er in Ochanomisu in der Provinz Saitama beraubt wurde. Plötzlich fiel mir im Garten des Grünen Drachen ein, daß es zwei Ochanomisus gibt. Mir wurde klar, daß ich ihn in eine Falle locken konnte. Zwei Ochanomisus ... eine magere Tatsache. Doch auch ein vertrockneter Baum blüht manchmal.“

„Eine besonders magere Tatsache“, rief Richter Kujo aus. „Meine Glückwünsche zu dieser Lösung, die so subtil ist wie... Nun, ich würde sagen, wie der Weidenbaum, den sie gestern abend im Garten des Grünen Drachen betrachteten. Der Weidenbaum, der sie an Issas Haiku erinnerte:

Wie schlank:
gerade neben dem Berg Fuji
der Weidenbaum.“

Das Unglück kommt durch den Mund

ODER

Der Fall der roten Lacktruhe

❖

Kujo betrachtete die Speisekarte.

„Was raten Sie mir, Ooka? Sie kennen die Küche hier.“

„Die Speisekarte brauche ich nicht“, antwortete Ooka fröhlich, „so schön die Handschrift des Eigentümers auch ist. Ich habe seine Speisekarte im Kopf. Ich schlage eine Tempura-Mahlzeit vor, ausschließlich aus gebackenen Gerichten. Kleine Portionen, aber sehr abwechslungsreich. Genug Auswahl. Was halten Sie von gebackenen Muscheln? Gebackenen Garnelen? Ein Stück gebackenem Weißfisch? Gebackene Zuckererbsen? Gebackene Auberginen und gebackene Paprikas? Und zu Beginn einen Happen gebackenes Schweinefleisch, ein Stück Huhn und natürlich einen Scheibe gebackenen Aal. „

Kujo starrte den Richter erstaunt an. „Was haben Sie nur für einen Magen“, murmelte er dann.

„Ich bestelle kleine Portionen, verehrter Kollege. Und natürlich ist die Soße von größter Wichtigkeit. Eine gute

Soße macht die Mahlzeit leichtverdaulich. Vergessen Sie auch das Süßsaure nicht. Wir nehmen etwas Süßsaures von eingelegten Pflaumen. Und etwas eingelegten roten Ingwer. Und natürlich ein Schüsselchen Bambussprossen und Lotuswurzeln. Die Lotuswurzel wird hier sehr kunstvoll angeboten – mit allerlei Einkerbungen.

Als die Kinder noch klein waren, ging ich hier manchmal mit ihnen essen, um ihnen in den Scheiben Lotuswurzeln die Gesichter unserer berühmten Märchenfiguren zu zeigen."

Der Richter unterbrach sich erschrocken. „Ach, natürlich dürfen wir auch den getrockneten Fisch nicht vergessen, den Bonito. Und was halten Sie von eingelegten Seeigeln?"

Wieder blieb Kujos Mund vor Verblüffung offen.

„Wie dumm von mir", rief Ooka, als er Kujos Gesichtsausdruck sah. „Ich hätte natürlich damit beginnen müssen, Sake zu bestellen. Wie gut, daß Sie mich korrigieren." Er winkte einem Diener und bestellte zwei Krüge Reiswein. „Und bitte den Koch, er möge kommen und meinen Gast kennenlernen." Dann wandte er sich wieder an Kujo. „Sie mögen doch eingelegte Seeigel?"

„Ich habe noch nie einen gegessen", antwortete Kujo.

„Sie haben noch nie einen gegessen? Dann müssen Sie es heute unbedingt tun. Nirgends sind eingelegte Seeigel so gut wie hier. Und Sie kennen doch das Sprichwort: ‚Wer die glückliche Erfahrung macht, etwas zu essen, was er noch nie zuvor probiert hat, dessen Leben verlän-

五十三次名所圖會
五十二
石部
旅舎泊客

gert sich um fünfundsiebzig Tage.' Das klingt ziemlich feierlich, nicht wahr? Als habe es der alte Konfuzius selbst gesagt. Nun, ich glaube nicht, daß der große Philosoph seine Weisheit an so etwas wie das Essen von Seeigeln vergeudete. Obwohl man das natürlich nie genau wissen kann."

„Ooka, wenn man Sie so über das Menü sprechen hört, könnte man schwören, Sie seien der größte Feinschmecker von Edo. Ein Vielfraß, der nichts anderes tut, als Land und Meer nach Leckerbissen abzusuchen, und der an alles andere denkt als an Rechtsfälle. Hörte ich Sie nur und sähe Sie nicht, ich würde glauben, ich säße dem Hotei gegenüber, dem dickbäuchigen Gott des Glücks. Wie schaffen Sie es übrigens, so schlank zu bleiben?"

„Eine gute Auswahl der Gerichte, der Beilagen und der Soßen! Doch sehen Sie, da ist der Meister selbst."

Ooka stellte den errötenden Mann Kujo vor, als präsentiere er ihm den größten Künstler des Landes. Erstaunt hörte Kujo dann, wie der Richter und der Koch die Soße zum Eintauchen tiefgründig erörterten. Schließlich einigten sie sich begeistert auf eine Soße aus leichter Bouillon, der ein Glas süßen Weins zugefügt werden sollte, außerdem zwei Eßlöffel Schuppen von getrockneten Bonitos, die jedoch wieder herausgeholt werden mußten, nachdem die Soße zum Kochen gebracht worden war.

„Er ist ein Künstler", sprach Ooka, nachdem er seine Beratung mit dem Koch beendet hatte. „Dieser Mann versteht sein Handwerk."

„Es gibt ziemlich viel, bei dem Sie sich auskennen, Ooka. In den Bereichen Tee, Küche und Verbrechen kann man Ihnen nichts vormachen."

„Apropos Verbrechen, was bringt Sie nach Edo?" fragte Ooka und nippte vergnügt an seinem Sake.

„Ein ziemlich unangenehmer Fall. Aber dort kommen die Dienerinnen mit den ersten Schalen. Der Fall kann noch etwas warten."

Die beiden Männer aßen mit großem Genuß und unterbrachen das Mahl nur mit kurzen Bemerkungen. Sie würzten es – wie gewöhnlich – mit dem Zitieren einiger Haikus.

„Blüht schon viel in Kioto, Kujo?"

Kujo machte eine leichte Handbewegung. Zwischen einer Scheibe Aal und einem Stück Eingelegtem sagte er: „Der Klatschmohn, Ooka. Sie sollten ihn sehen an den Ufern des Kamo-Flusses. Prachtvoll, prachtvoll. Haben Sie je den berühmten Tanz des Kamo-Flusses gesehen? Den Kamogawa Odori, der jedes Frühjahr von den Geishas des Ponto-cho-Viertels ausgeführt wird. Die Kulissen sind dann ein feuriges Meer aus Klatschmohn." Fröhlich fuhr er fort: „Kennen Sie übrigens Shiraos liebliches Haiku von den balgenden Sperlingen über dem Klatschmohn?

Sperlinge spielen Fangen und
taumeln hinunter in den
Klatschmohn."

„Eine Pinselzeichnung in Schwarz und Weiß“, murmelte Ooka. „Darunter ein Streifen Rot. Aber kennen Sie dieses von Issa?

Sich einen Weg bahnend durch die Menge:
ein Mann – in der Hand
einen Klatschmohn.“

„Wieder eine schwarz-weiße Zeichnung.“ Kujo nickte. „Eine graue Menge. Und mitten in dem Grau: ein Mann mit einem Klatschmohn. Sehr raffiniert.“

„Und sehr richtig bemerkt“, bestätigte Ooka. „Wissen Sie eigentlich, was Issa in einer ersten Version schrieb:

Sich einen Weg bahnend durch die Unruhestifter:
ein Mann – in der Hand
einen Klatschmohn.

Ich bin sicher, daß Issa die Unruhestifter durch eine graue Menge ersetzte, weil die Unruhestifter zu bunt waren. Das Rot des Klatschmohns hebt sich besser gegen eine graue Menge ab ...“

Ooka legte seine Eßstäbchen auf den Tisch. „Und nun, um auf unseren Beruf zurückzukommen, was bringt Sie nach Edo?“

„Wie ich bereits sagte: ein ziemlich unangenehmer Fall, Ooka. Ich muß einen berüchtigten Betrüger festnehmen. In Kioto ist ihm der Boden unter den Füßen zu heiß geworden, deshalb ist er nach Edo ausgewichen. Doch bevor er euch hier Schwierigkeiten macht, bringe ich ihn zurück nach Kioto. Aus verläßlicher Quelle weiß ich, wo er sich aufhält. Er heißt Saito. Er ist mit einer schönen jungen Frau namens Kadsu verheiratet. Beide halten sich in der ‚Winkenden Katze' auf, einer ziemlich obskuren Herberge in der Nähe der Horikiri-Gärten. Vorläufig hält Saito sich natürlich ruhig. Er wird tagsüber mit seiner Frau in den Horikiri-Gärten spazierengehen und die Schwertlilien bewundern."

„Sie stehen gerade in voller Blüte", bestätigte Ooka. „Sie blühen noch schöner als im vergangenen Jahr, in allen Farben. Ich sah gelbe, weiße, blaue, purpurne, sogar welche, die fast schwarz waren. Doch um auf Saito zurückzukommen: aus welchem Grund verhaftest du ihn?"

„Ich habe einen vertraulichen Hinweis aus der Unterwelt von Kioto bekommen. Der Rest ist ein Kinderspiel. Ich verhafte ihn und bringe ihn zurück nach Kioto. Dort lasse ich ihn foltern. Das ist keine elegante Lösung – aber er wird zweifellos reden. Und ich sehe wirklich keine andere Möglichkeit, denn ich habe keinerlei Beweise gegen ihn. Außer dem vertraulichen Hinweis aus der Unterwelt, natürlich."

„Ein Hinweis aus der Unterwelt. Solltest du ihn wirklich so hoch bewerten, Kujo? Jemanden foltern, nur aufgrund eines Hinweises aus der Unterwelt."

„Ich kenne deine Einwände, Ooka. Du bist gegen harte Methoden. Du willst jeden Fall mit sanfter Hand lösen. Das ist nun einmal deine Methode. Man nennt sie bereits: die Methode des seidenen Schals. Aber ein Betrüger wie Saito ist viel zu listig." Damit füllte Kujo Ookas Becher.

„Wenn er listig ist, mußt du ihn mit List fangen", bemerkte Ooka nüchtern.

Kujos Augen verengten sich. „Dann fang du ihn doch mit List", sagte er prompt, „wenn du so gegen Daumenschrauben bist – Saito befindet sich schließlich in deinem Gebiet."

Ooka lächelte. „Gut", sagte er, „Saito und seine Frau logieren in der ‚Winkenden Katze'. Sie haben natürlich keine Aufenthaltsgenehmigung. Ich lasse sie heute abend arrestieren und morgen früh vorführen. Ich lade dich zur Sitzung ein."

Kujo zog erstaunt die Augenbrauen hoch. „Aber wie in aller Welt bringst du Saito so schnell zu einem Geständnis? Doch nicht mit dem berühmten seidenen Schal."

„Doch – mit meinem seidenen Schal." Ooka nickte. „Und ich kann dir auch sagen, wo ich Saito zu einem Geständnis zwinge. In den Horikiri-Gärten."

„Was ist das für eine prachtvolle Lacktruhe?" fragte Richter Kujo am nächsten Morgen und deutete auf eine große, rote Lacktruhe, die mit silbernen Reihern verziert war.

„Es ist die Lacktruhe, in der ich meine Amtsgewänder aufbewahre. Ein Kunstwerk, nicht wahr? Ja, wir haben besonders begnadete Lackarbeiter hier in Edo. Doch komm, ich lasse Saito und seine Frau nun sofort vorführen. Wir haben sie nachts in der ‚Winkenden Katze‘ festgenommen.“

„Hast du seine Frau auch verhaftet?“ fragte Kujo erstaunt.

„Ich bin kein Liebhaber von Daumenschrauben“, antwortete Ooka. „Doch das bedeutet nun nicht, daß ich einen Mann wie Saito mit Samthandschuhen behandle. Seine Frau hält sich übrigens ebenfalls ohne Genehmigung hier auf.“

Kujo schaute interessiert zu, wie Saito und seine junge Frau vom örtlichen Polizisten Guja vorgeführt wurden.

Saito war ein langer, magerer Mann, dem man ein gewisses Format nicht absprechen konnte. Er hatte dünne Lippen und einen kleinen Schnurrbart. Er kniete auf der Fußmatte, verbeugte sich und schaute Richter Ooka forschend an.

„Verdächtigter Saito“, begann der Richter, „mir ist bekannt, daß du in der kaiserlichen Stadt Kioto eine lange Reihe von Betrügereien begangen hast. Ich bin davon überzeugt, daß du nach Edo gekommen bist, um deine Praktiken hier fortzusetzen. Die einfachste Lösung wäre, dich nach Kioto zu bringen und dich dort durch den örtlichen Magistrat, der von deiner Schuld überzeugt ist, foltern zu lassen. Doch ich ziehe es vor, die Sache hier am Ort zu erledigen. Was deine Betrügereien betrifft, kann ich dir nichts zur Last legen, und Daumenschrauben benutze ich nicht gern. Doch du hast eine Übertretung begangen, weil du dich ohne Erlaubnis in Edo aufhältst. Und da ich Menschen, die eine Übertretung begehen, nicht mit Seide zu bekleiden wünsche, erlege ich dir folgende Strafe auf. Ich verlange von dir, daß du deine Frau dreimal auf deinen Schultern durch die Horikiri-Gärten trägst. Das wird dich davon überzeugen, daß es sich nicht lohnt, deine Betrügereien in Edo fortzusetzen."

„Aber Euer Ehren", protestierte Saito, während seine Frau in Lachen ausbrach, „ich bin erst ein paar Tage in Edo, und Sie wollen mich vor der ganzen Stadt lächerlich machen. Jeder wird in Zukunft auf mich deuten als den Mann, der seine Frau dreimal auf den Schultern durch die Horikiri-Gärten trug."

Ooka nickte zustimmend. „Das ist wahr. Es liegt natürlich nicht in meiner Absicht, dich hier in Edo für dein weiteres Leben unmöglich zu machen. Darum steht dort die rote Lacktruhe. Deine Frau kann darin Platz nehmen, denn die Truhe hat ihre Länge. Und sie bekommt genügend Luft, dafür habe ich gesorgt. Niemand wird dich nun noch lächerlich finden, wenn du sie durch die Horikiri-Gärten trägst. Du wirst aussehen wie ein gesitteter Kuli, der eine Lacktruhe vom Lacktruhenmacher zum Haus eines Käufers bringt. Ich bitte deine Frau jetzt, in der Truhe Platz zu nehmen. Es erleichtert deine Strafe zweifellos, wenn du bedenkst, wie süß die Last ist, die du auf die Schultern nimmst."

Erneut brach die schöne Kadsu in Lachen aus. Der Richter betrachtete sie nachdenklich. „Auf dem Boden liegen einige seidene Tücher, so daß du es nicht unbequem hast", sagte er höflich. „Doch ich lasse die Truhe versiegeln. Denn ich traue deinem Mann zu, daß er sie sonst in den Horikiri-Gärten öffnet. Er soll seine Buße nicht als einen Spaziergang mit dir durch die Gärten betrachten, um den Anblick der schönen Schwertlilien zu genießen, das ist nicht meine Absicht."

Kujo schaute verwundert zu, wie Saitos Frau sich lachend in die Lacktruhe legte, die dann von zwei Gerichtsdienern verschlossen und sorgfältig versiegelt wurde. „Stellt sie am Eingang des Gerichtsgebäudes ab", sagte der Richter zu den Saalwächtern. „Und du, Guja, paßt auf, daß nichts Unrechtes geschieht." Zu Kujo gewandt, flüsterte er: „Man muß einen Missetäter immer an seiner schwachen Stelle packen. Und Kadsu ist Saitos schwache Stelle." Dann erhob er die Stimme. „Ich gebe dir zu bedenken, Saito, daß meine Lacktruhe kostbar ist. Du tätest gut daran, darauf zu achten, daß sie keinen Schaden nimmt. Dasselbe gilt für deine Frau. Es war notwendig, sie einzubeziehen, aber behandle sie so zart wie möglich. Schließlich heißt sie Kadsu, das bedeutet Friede. Trage sie durch die Horikiri-Gärten, wie es sich gehört – wie eine Blume inmitten von Blumen. Tue, was ich gesagt habe."

名所江戸百景
亀戸天神境内

Trinken wir eine Schale Tee in meinem Arbeitszimmer", schlug Ooka vor. „Es dauert sicher eine Stunde, bevor unser ehrwürdiger Kuli ins Gerichtsgebäude zurückkehrt, um ein Geständnis abzulegen."

„Geständnis?" fragte Kujo ungläubig.

„Hast du nie gehört, daß Frauen den verschlossensten Mann zum Sprechen bringen können? ‚Ein Frauenherz ist stärker und hat eine größere Zugkraft als ein Gespann Ochsen', sagt man. Und die Grübchen in den Wangen einer Frau können eine Burg zum Einsturz bringen."

„Nun verstehe ich dich, Ooka", rief Kujo aus. „Sie arbeitet also mit dir zusammen."

„In gewisser Weise ja", sagte Ooka träumerisch. „Du wirst es gleich selbst sehen."

„Ich erkläre hiermit die Sitzung wieder für eröffnet", sprach Ooka, nachdem ein erschöpfter Saito die rote Lacktruhe auf den Fußmatten des Gerichtsgebäudes abgesetzt hatte.

„Nimm Platz, Saito", sagte der Richter mit einer freundlichen Handbewegung. „Ich bin davon überzeugt, daß du nun ein ausführliches Geständnis ablegen willst."

Der große Mann mit dem ordentlichen Schnurrbart schaute den Richter mit düsteren Augen an. „Was meinen Sie, Euer Ehren?" fragte er und wischte sich den Schweiß von der Stirn.

„Nun, ich denke doch, daß du während deines Gangs durch die Horikiri-Gärten deine Frau in der Lacktruhe mehr als einmal verflucht haben wirst“, meinte der Richter Ooka. „Vielleicht wünscht sie, eine Anklage gegen dich einzureichen.“

„Meine Frau – eine Anklage gegen mich einreichen?“ rief Saito aufs äußerste erstaunt aus. „Aufgrund welcher Tatsache, Euer Ehren? Natürlich habe ich sie unterwegs manchmal verflucht, weil sie so schwer war. Aber das wäre doch nie ein Grund für sie, eine Anklage gegen mich einzureichen.“

Ooka nickte verstehend. „Vielleicht hast du etwas mehr getan als nur zu fluchen und zu seufzen. Während eines so langen, einsamen Ganges wirst du doch wohl auch manches vernünftige Wort mit deiner Frau gewechselt haben. Vielleicht hast du ihr gesagt, daß du in Zukunft nicht mehr den Pfad des Verbrechens wandeln willst. Oder vielleicht hast du gesagt, daß du hinfort vorsichtiger zu Werke gehen wirst bei deinen Schurkenstreichen. Genug belastende Erklärungen, damit deine Frau dich anklagt.“

„Kommen Sie, Euer Ehren“, rief Saito wütend, „das ist doch unerhört. Meine Frau darf nicht einmal als Zeugin gegen mich auftreten. Abgesehen von der Tatsache, daß sie das nie tun würde.“

„Wir werden sehen“, sprach Ooka ruhig. „Saalwächter, brecht das Siegel auf dieser Truhe auf.“

Die beiden Saalwächter taten, was ihnen befohlen wurde, während Ooka mit unbewegtem Gesicht die Truhe anstarrte.

Einen Augenblick später ging ein Raunen durch den Gerichtssaal, das schnell in ein lautes Gelächter überging. Mühsam kroch Guja aus der Truhe. Der Polizist streckte sich einige Male aus. Dann wandte er sich an Richter Ooka und erklärte: „Der Verdächtigte hat wiederholt mir gegenüber behauptet, in Zukunft noch vorsichtiger zu Werke gehen zu wollen, und daß er vorläufig nicht plane, nach Kioto zurückzukehren, weil ihm dort der Boden unter den Füßen zu heiß geworden sei. Was die Besonderheiten betrifft ..."

Ooka sah, wie sich Saito verzweifelt mit den Händen nach dem Kopf griff. Lächelnd drehte er sich zu Kujo um. „Sie können ihn mitnehmen nach Kioto", sagte er. „Wie Sie hören, hat er in den Horikiri-Gärten ein volles Geständnis abgelegt. Es ist nur allzuwahr, was wir hier in Edo behaupten: ‚Alles Unglück kommt durch den Mund.'"

Generale siegen, Soldaten fallen
oder
Der Fall des Diebstahls im Teehaus

❖

Dieses Teehaus gleicht einem Haus der schönen Künste“, sprach Richter Ooka beifällig und nahm vorsichtig einen Schluck seines heißen Tees. „Dein Patron ist wirklich ein Künstler, Lotosblume. Er sorgt nicht nur dafür, daß in diesem Teehaus ein vortrefflicher Tee ausgeschenkt wird, sondern er schmückt die Räume der ‚Weißen Kamelie‘ auch mit den schönsten Kunstwerken. Alles hier zeugt von einem erstaunlichen Geschmack.“

Der Richter betrachtete vergnügt die Steinlandschaft, die auf einem niedrigen Tisch im Raum stand, aufgerichtet auf einem ovalen schwarzlackierten Tablett. Das Tablett selbst war bedeckt mit äußerst feinen weißen Sandkörnern. Auf der linken Hälfte des mit Sand bestreuten Tabletts lag ein schön geformter schwarzer Stein aus einem Stück. Dieser Stein stellte sehr naturgetreu eine einsame Insel dar, die sich mit ihren bizarr geformten Bergspitzen aus einem Meer erhob. Es muß ein besonders kostbarer Stein sein, dachte der Richter und folgte mit dem Finger einer milchweißen Ader, die quer durch den Stein lief und einen wilden Bergbach vorstellte. Dann bückte er sich und betrachtete aufmerksam den silbrigen Sand am Fuß des Steines, der das silbern glänzende Meer darstellte. Vor der Küste war deutlich die Brandung mit dem feinen Sand zu sehen – der Patron hatte sie angebracht, indem er mit einer gekerbten Vogelfeder Wellenlinien in den feinen Sand gezogen hatte.

„Erstaunlich!“ rief der Richter aus. „Auf dem Stein wächst sogar eine seltene Moosart. Und schau, dort die kleine rote Fettpflanze. Die Insel sieht nicht nur bewachsen aus, sie ist tatsächlich auch bewachsen. Man hat Lust, gleich an Land zu gehen.“

„Sie müssen gleich auch noch die anderen Räume sehen“, meinte Lotosblume lachend. „In der Kammer des Goldenen Ostens hat mein Meister auf einem anderen ovalen Tablett einen ganzen Wasserfall dargestellt. Er besteht nur aus zwei Felsbrocken und dazwischen einem Strom aus kleinen, blitzenden Bergkristallen, doch es ist, als sähen sie den Schaum des Wasserfalls mit eigenen Augen und als könnten Sie das Wasser hören. Und in der Kammer der Reinen Mitte hat mein Meister einen prachtvollen See im Frühling abgebildet. Dort sehen Sie sogar, wie sich die Frühlingswolken im Wasser spiegeln.“

„Ich werde sie mir bestimmt gleich anschauen“, antwortete der Richter.

Richter Ooka besuchte das Teehaus mindestens einmal in der Woche. So hatte er genügend Gelegenheit, den künstlerischen Sachverstand des Besitzers kennenzulernen. Manchmal waren die Wände des Teehauses mit kostbaren Drukken verziert, dann wieder standen Zwergbäume in den Räumen, die der Besitzer mit großer Sorgfalt selbst gezogen hatte. Kleine, fünfnadelige Pinienbäumchen, die nicht einmal zu den Knien eines Kindes reichten; dreiblättrige Ahornbäumchen von der Größe einer Hand; ein Wacholderstrauch, nicht viel größer als ein kleiner Finger.

Diesmal schmückten Steinlandschaften die Räume, und an dem großen, schwarzen Stein mit der milchweißen Ader sah der Richter, daß der Besitzer weder Kosten noch Mühe gescheut hatte, um diese kleinen Meisterwerke herzustellen. Eine kostbare Liebhaberei, dachte der Richter, eine sehr kostbare Liebhaberei. Doch der Besitzer dieses Teehauses konnte sich offenbar kostbare Liebhabereien erlauben. Sein Etablissement wurde von den vornehmsten Lehnsherren der Stadt häufig besucht, und selbst bei den kleinsten festlichen Gelegenheiten mieteten sie einen oder mehrere Räume des Teehauses. Und auch das große Publikum besuchte die ‚Weiße Kamelie' gern, auch wenn es nur bis zu dem großen Saal im Untergeschoß kam, der für die einfachen Leute bestimmt war.

„Sicher werde ich die anderen Räume auch gleich besuchen", nahm der Richter das Gespräch wieder auf. „Dein Meister ist wirklich ein Künstler. Er sieht schöne Dinge, wo andere Menschen sie nicht sehen. Das ist eine besondere Gabe. Unser Dichter Issa besaß diese Gabe auch. Er war ein armer Mann, er hatte sogar nicht einmal ein ordentliches Stück Reispapier, um das zerrissene Papier seiner Fenster zu ersetzen. Doch glaubst du, daß er sich darüber beklagte? Im Gegenteil: Er freute sich darüber. In einer kalten Herbstnacht, als ihn die Kälte nicht schlafen ließ, spähte er durch das zerrissene Fensterpapier hinaus und dichtete:

Wie schön:
durch den Riß im Fensterpapier
die Milchstraße."

Lotosblume schaute den Richter mit ihren großen, mandelförmigen Augen an. Sie mochte ihn sehr und lauschte besonders gern seinen wunderlichen Darlegungen.

„Es ist die Kunst des Sehens, Kind. Richter und Künstler müssen Dinge sehen, die niemand sieht. Für den normalen Sterblichen sind sie unsichtbar, sie werden einfach dem Auge durch andere alltägliche Gegenstände entzogen, die die Aufmerksamkeit festhalten und dadurch den Blick auf etwas viel Größeres nehmen. Ja, ich spreche vielleicht in Rätseln."

Lotosblume schwieg, und Ooka fuhr fort: „Dichter können uns das auf sehr einfache Weise deutlich machen. Shiki sagt irgendwo:

Der Pasaniabaum
liegt gefällt:
darüber der Herbsthimmel.

Siehst du, das meine ich. Der Herbsthimmel war schon die ganze Zeit da. Aber der normale Mensch bemerkt ihn erst, wenn der Baum, hinter dem er sich versteckte, umgehauen wird. Es braucht einen Dichter, um das deutlich zu machen.

So ist es auch mit dem Richter. Er bekommt ein kompliziertes Problem vorgelegt, von dem jeder glaubt, es sei nicht zu lösen. Und doch löst er es. Weil sein Blick nicht durch alle möglichen Begleitumstände abgelenkt wird. Durch Erfahrung hat er gelernt, Wesentliches von Nebensächlichem zu unterscheiden. Wenn er dann die Lösung gefunden hat, sagen hinterher alle: ‚Das hätte ich auch sehen können.' Natürlich hätte jeder das sehen können. Aber es bleibt eine Tatsache, daß niemand es gesehen hat."

„Außer dem Richter“, rief Lotosblume und klatschte in die Hände.

„Außer dem Richter.“ Ooka nickte. „Wenn man ihn im richtigen Moment über die Tatsachen informiert. Doch das geschieht selten.“

„Wir haben diese Woche hier Diebe gehabt, meinen Sie das? Ich hätte es Ihnen natürlich sofort erzählen müssen.“

„Ich habe so etwas gehört“, murmelte Ooka. „Es sind doch keine Kunstgegenstände gestohlen worden? Das wäre ein schwerer Schlag für deinen Meister.“

„Die Diebe haben einen Griff in die Kasse getan, Herr Richter. Sie stahlen zwei Goldstücke, vier Silberstücke und zwei Rollen Kupferstücke. Keine Kunstwerke. Deren Wert verstehen solche Menschen nicht. Sie waren viel zu dumm dazu.“

„Du hast die Diebe also gesehen?“ fragte Ooka interessiert. Lotosblume nickte. „Sie sind gefaßt worden. Sie sitzen auf der Polizeistation.“

Ooka stellte seine Teeschale ab. „Dann müssen sie sofort morgen vorgeführt werden. Der Fall ist abgeschlossen, wenn sie auf frischer Tat ertappt wurden. Es reicht, wenn du und dein Herr als Zeugen gegen sie aussagen. Ich lasse dich morgen vorladen.“

Es entging Ooka nicht, daß Lotosblume nervös ihren Fächer öffnete und schloß. Er schaute sie von der Seite an. „Was stimmt nicht daran, Lotosblume?“ fragte er ruhig.

„Ich kann eigentlich nichts bezeugen“, antwortete das Mädchen, „ich habe nämlich nichts gesehen.“

„Nichts gesehen?“ wiederholte Ooka.

„Nichts gesehen“, seufzte Lotosblume.

„Nichts gesehen und nichts gehört?“

„Gehört?“ Lotosblume dachte schweigend nach.

„Was ist nun eigentlich genau passiert?“ fragte Ooka freundlich. „Diebe haben in die Kasse gegriffen, hast du gesagt. Aber was hast du gesehen? Und was hast du gehört? Erzähle mir die Geschichte doch von Anfang an.“

Lotosblume hatte den Fächer wieder geöffnet und betrachtete einen Augenblick nachdenklich die weißen Kamelien, die ein Künstler auf die Fächer des Teehauses gemalt hatte. „Es geschah vor drei Tagen, Euer Ehren. Es war sehr still im Teehaus. Zufällig war keiner der Räume besetzt. Darum tat ich im unteren Saal Dienst. Auch dort war es an jenem Tag sehr ruhig. Doch am Nachmittag kamen zwei Männer herein, die ich nicht kannte. Sie setzten sich an den Tisch am Fenster und bestellten neuen Frühlingstee. Sie wissen doch, Schintscha-Tee. Den teuersten Tee, den wir ausschenken. Als ich den Tee brachte, stand einer der Männer auf und ging zu dem Besitzer, der an der Kasse stand, um zu bezahlen. Ich stellte die Teeschale vor den Mann hin, der am Tisch saß. Und dieser begann sofort, schrecklich mit mir zu schimpfen. Er warf mir vor, ich hätte den Tee über seinem neuen Kimono verschüttet.“

„Tee verschüttet?“ fragte Ooka und zog die Augenbrauen hoch. „Ich habe dich noch nie Tee verschütten sehen.“

Einen Moment zögerte Lotosblume. Dann sagte sie: „Ich hatte tatsächlich etwas von seinem Tee verschüttet.“

Der Richter musterte den Mund des Mädchens. Ihre Lippen waren fest zusammengepreßt. „Warum hast du gezögert, als du sagtest, du hättest seinen Tee verschüttet?“ fragte er.

„Weil es eigentlich mehr oder weniger seine Schuld war, Herr Richter. Als ich die Schale vor ihn hinstellte, wollte er sie nehmen, tat es aber so ungeschickt, daß er mir die Schale fast aus der Hand schlug. Der Tee schwappte über den Rand der Schale und landete auf seinem Kittel. Ich habe noch nie jemanden so böse werden sehen. Er ... er nannte mich eine schmutzige Schlampe.“

„Nicht gerade ein Herr“, brummte der Richter, als er sah, wie Lotosblume errötete und ihr Gesicht hinter dem Fächer versteckte. „Und was geschah dann?“

„Sofort danach begann der Besitzer laut zu schreien. Er rief, ihm sei das Geld aus der Kasse geraubt worden. Doch als ich mich umdrehte, um zu sehen, was passiert war, stand der andere Gast ruhig hinter mir. Er setzte sich an den Tisch und begann, lächelnd seinen Tee zu schlürfen. Der Besitzer wurde immer böser. Er lief hinaus und holte den Polizisten Guja. Dieser befragte beide Männer. Der eine nannte sich Chomatsu, er war ein kräftig gebauter Mann. Der andere hingegen war sehr mager, er hieß Joschiro. Sie mußten schrecklich lachen, als Guja sie fragte, ob einer von ihnen einen Griff in die Kasse getan habe. Der kräftig gebaute Mann warf sofort sein ganzes Geld auf den Tisch. Ich zählte in der Tat zwei Goldstücke, vier Silberstücke und zwei Rollen Kupferstücke. Doch es lagen noch mehr Gold-, Silber- und Kupfermünzen auf dem Tisch, jedenfalls mehr, als aus der Kasse verschwunden war. Außerdem wurde die Kasse nicht ganz leergeraubt. Es waren noch einige Silberstücke und etwas Kupfergeld darin."

„In der Tat ziemlich sonderbar", sagte Ooka. „Doch Kihachi, dein Meister, beschuldigte die beiden Männer des Diebstahls. Was meinte Guja zu diesem Fall?"

„Guja wußte eigentlich nicht genau, was er mit dieser Sache anfangen sollte, Herr Richter. Am Schluß nahm er die beiden Männer fest und brachte sie zu einem weiteren Verhör zur Polizei."

Richter Ooka blickte nachdenklich in seine leere Teeschale. „Schenk mir noch einmal ein, Lotosblume. Überlegen wir inzwischen ganz genau, worauf die Beschuldigung beruht. Du hast nichts gesehen von dem Diebstahl, du könntest also nur eine entlastende Zeugenaussage für die beiden Besucher abgeben. Der einzige Zeuge ist dein Herr. Er sah ..."

„Er sah nichts", unterbrach Lotosblume den Richter. Dann schlug sie erschrocken die Hand vor den Mund. „Sie wissen, daß Herr Kihachi ein außerordentlich ehrlicher Mann ist. Er wird daher auch bestimmt nicht vor

Gericht behaupten, er habe den Diebstahl mit eigenen Augen gesehen. Er ist nur fest davon überzeugt, daß der Dieb der kräftig gebaute Mann war, der Chomatsu heißt."

„Dann war also niemand Zeuge des Diebstahls!" rief Ooka aus. „Sogar Herr Kihachi nicht."

„Möchten Sie nicht lieber persönlich mit ihm über den Diebstahl sprechen?" fragte Lotosblume bedrückt. „Er ist kurz zum Teelager gegangen, doch in einer Stunde ist er bestimmt wieder hier."

Richter Ookas Augen verengten sich. „Dein Herr ist eigentlich der letzte, den ich in diesem Moment zu sprechen wünsche. Er hat nichts gesehen, sagst du, also hat seine Darstellung des Geschehens wenig Bedeutung. Ich spreche morgen mit ihm, während der Verhandlung. Sage ihm, daß er vorgeladen ist. Ein verwirrender Fall wie dieser muß so schnell wie möglich geklärt werden. Man darf nun einmal niemanden festhalten aufgrund einer Beschuldigung, für die der Beschuldiger keinen Beweis liefern kann. Was hältst du übrigens selbst von dem Fall, Lotosblume?"

„Ich glaube, daß Herr Kihachi recht hat, Herr Richter. Ich glaube fest, daß er bestohlen worden ist. Aber ich glaube auch, daß er sein Geld nie wiedersehen wird. Denn wer kann je beweisen, daß gerade diese beiden Besucher die Diebe sind?"

„Du hast recht", sagte der Richter, „niemand. Ich muß jetzt los. Du bist also für morgen als Zeugin geladen. Erzähle, was du gesehen hast, nicht mehr und nicht weni-

ger. Wenn der Fall beendet ist, komme ich, um mir die Steinlandschaften in den anderen Räumen anzuschauen."

Ooka tippte kurz mit seinem Fächer vor sich auf den Tisch und erklärte die Sitzung für eröffnet. „Ist der Besitzer des Teehauses ‚Die Weiße Kamelie', Herr Kihachi, hier anwesend?"

Ein zart gebauter Mann mit einem verträumten Gesicht und außergewöhnlich schmalen Händen berührte mit der Stirn die Matte.

„Ist Lotosblume, die Dienerin des Teehauses ‚Die Weiße Kamelie', hier anwesend?"

Lotosblume, in einem azurblauen Kimono, verbeugte sich und berührte mit der Stirn die Matte.

„Wollen die beiden Beklagten ihre Namen sagen?“ fragte der Richter.

Ein kräftig gebauter Mann mit groben Lippen und einer platten Nase brummte: „Chomatsu, Euer Ehren.“

Ein magerer Mann mit schmalen Augen und dünnen Lippen antwortete mit schriller Stimme: „Joschiro, Euer Ehren.“

„Ich lese nun das Protokoll des Polizisten Guja vor, es ist ebenso kurz wie deutlich“, sprach Ooka wohlwollend.

„Am sechsten Tag dieses Monats, um drei Uhr nachmittags, erschienen die beiden Beklagten im unteren Saal des Teehauses ‚Die Weiße Kamelie‘. Sie baten um Tee. Die Teehausdienerin Lotosblume brachte das Gewünschte in dem Augenblick, als einer der beiden Besucher dabei war, bei dem Besitzer zu bezahlen. Letzterer behauptet jedoch, daß der Besucher nicht gekommen sei, um zu bezahlen, sondern um einen Griff in die Kasse zu tun. Er rief sofort die Polizei. Diese verhaftete die beiden Männer, weil sie des Diebstahls beschuldigt wurden. Auf Nachfrage stellte sich heraus, daß die Dienerin nichts gesehen hatte, obwohl sie sich zu diesem Zeitpunkt im unteren Saal aufgehalten hatte. Die Anklage beruht daher ausschließlich auf der Behauptung des Besitzers des Teehauses und kann durch keine Zeugen bestätigt werden. Gezeichnet Polizist Guja.“

Ooka legte das Dokument vor sich auf den Tisch. Dann wandte er sich an Chomatsu. „Wie ist deine Antwort auf die Anklage?“

„Das ist eine falsche Beschuldigung, Euer Ehren. Vor Jahren hatten der Teehausbesitzer und ich eine Auseinandersetzung um eine Frau. Die Frau zog meine Gesellschaft der seinen vor. Ich bemerkte sofort, daß er wütend war, als er mich nach Jahren wiedersah. Diese Beschuldigung hat kein anderes Ziel, als mich fälschlich ins Gefängnis werfen zu lassen. Der Teehausbesitzer wird von Rache getrieben.“

„Kihachi“, fragte der Richter, „ist es wahr, was Chomatsu behauptet? Ist hier eine Frau im Spiel?“

Kihachis Gesicht verdüsterte sich. Mit vor Wut erstickter Stimme sagte er: „Ich habe diesen frechen Dieb nie zuvor gesehen, Euer Ehren.“

„Beruhige dich, Kihachi“, sprach Ooka streng. „Du hast nicht das Recht, diesen Mann einen Dieb zu nennen. Das Gericht muß entscheiden, ob er das ist oder nicht.“

Dann wandte sich Ooka an den mageren Beklagten. „Und du? Was hast du mit dieser Sache zu tun? Du heißt Joschiro, nicht wahr? So weit ich verstanden habe, bist du zusammen mit dem Beklagten Chomatsu in das Teehaus gekommen.“

„Das stimmt, Euer Ehren. Seit wann ist es ein Verbrechen, mit einem Freund eine Schale Tee in einem Teehaus zu trinken? Dieser Besitzer kann alles mögliche behaupten. Gleich sagt er auch noch, daß mein Kamerad die Nachtigall seiner Großmutter gestohlen hat."

Im Saal wurde gelacht. Ooka runzelte die Stirn und befahl Ruhe. Dann wandte er sich gereizt an den Besitzer des Teehauses. „Worauf gründet sich deine Anklage nun eigentlich? Hast du gesehen, wie Chomatsu in die Kasse gegriffen hat?"

Kihachi betrachtete seine schmalen Hände, dann schüttelte er den Kopf. „Das Geld war plötzlich verschwunden, Euer Ehren. Es war noch da, bevor die beiden Verdächtigten mein Teehaus betraten. Doch als der verdächtigte Chomatsu angeblich bezahlen wollte, war es weg. Er muß es sich mit einem schnellen Griff in die Kasse angeeignet haben."

„Womit begründest du diese Behauptung denn?" fragte der Richter scharf. „Und benutze lieber nicht das Wort ‚Verdächtigte'."

„Ich begründe meine Behauptung mit der Tatsache, daß sein Kamerad am Tisch plötzlich laut auf Lotosblume zu schimpfen begann. Er warf ihr vor, sie habe Tee auf seinen neuen Kimono verschüttet. Dadurch wurde meine Aufmerksamkeit einen Augenblick von der Kasse abgelenkt. Ich überlegte sogar, zu dem Tisch hinzugehen, doch etwas warnte mich und ich beschloß, lieber erst abzurechnen. Da entdeckte ich, daß das meiste Geld aus der Kasse verschwunden war."

„So", sagte der Richter langsam. „Du beschuldigst nicht nur Chomatsu eines Diebstahls, den du nicht gesehen hast, du beschuldigst auch Joschiro der Mittäterschaft an dem Diebstahl, von dem du nicht gesehen hast, wie er begangen wurde."

„Aber verstehen Sie denn nicht, Euer Ehren? Joschiro lenkte meine Aufmerksamkeit ab. Er schrie und fluchte so laut gegen Lotosblume, daß ich mich umdrehte, und in diesem Augenblick griff Chomatsu in die Kasse. Später haben sie sich die Beute selbstverständlich geteilt."

„Selbstverständlich? Warum selbstverständlich?"

Kihachi blickte Ooka verblüfft an. Man sah ihm an, daß er diese Haltung des Richters nicht erwartet hatte. Er geriet sichtlich in Verwirrung. „Aber, Euer Ehren", stotterte er, „sie arbeiten zusammen ... Warum sollten sie das Geld dann nicht teilen?"

„Kihachi, du bist ein Künstler. Aber ein Denker bist du nicht. Ich sehe nicht, woraufhin du all diese Dinge behaupten kannst, solange du keinerlei Beweis für ihre Richtigkeit vorbringen kannst. Doch nehmen wir einmal für einen Augenblick an, daß deine Geschichte stimmt. Dann tat Chomatsu die eigentliche Arbeit, nicht wahr? Er nahm das ganze Risiko auf sich, und das wäre nicht gering, hätte man ihn auf frischer Tat ertappt. Warum sollte er dann die Beute mit Joschiro teilen? Er wäre verrückt. Joschiro trank doch nur Tee, mehr nicht. Er hatte sogar einen Grund zur Beschwerde und machte der Dienerin laute Vorwürfe. Lotosblume, wurde Tee verschüttet?" fragte der Richter. „Ja, Euer Ehren."

„Hast du Tee verschüttet?"

„Ja, Euer Ehren."

„Hat dir der Verdächtigte deshalb zu Recht Vorwürfe gemacht?"

„Ich glaube nicht, Euer Ehren. Er wollte mir die Teeschale abnehmen und tat das ziemlich ungeschickt."

„Du willst also nicht sagen, daß er sich vorsätzlich so ungeschickt anstellte?" fragte der Richter scharf.

„Nein, das würde ich nie zu behaupten wagen, Euer Ehren", antwortete Lotosblume schnell.

Ooka nickte zufrieden. „Dann wird die Beschuldigung für nichtig erklärt", rief er und schlug mit seinem Fächer auf den Tisch. „Daß Kihachi Chomatsu des Diebstahls beschuldigt, ist lächerlich, wenn er nicht einmal gesehen hat, daß der Diebstahl stattfand. Daß Joschiro der Mittäterschaft beschuldigt wird, ist noch viel lächerlicher. Denn sogar wenn Chomatsu das Geld gestohlen hätte, wäre Joschiros Anteil an dem Diebstahl zu vernachlässigen. Sogar die Dienerin hat nicht gesehen, daß er den Vorfall absichtlich herbeigeführt hätte."

Ooka warf dem mageren Beschuldigten einen Blick zu. „Joschiro sieht übrigens überhaupt nicht so aus wie jemand, der so dumm ist, einen Diebstahl zu wagen. Das Stehlen überläßt er anderen. Er wird wohl klug genug sein, seine Freiheit nicht zu gefährden. Dafür hat er zuviel Verstand. Ich erkläre diese Sache aus Mangel an Beweisen für beendet. Chomatsu und Joschiro sind frei. Was sie vor dem Gericht zu ihrer Verteidigung angeführt haben, scheint mir vollkommen ausreichend."

Im Saal entstand Unruhe. Dann bat der magere Joschiro um das Wort. „Sie haben jetzt selbst gesehen, wie leicht ein Mensch des Diebstahls und der Mittäterschaft beschuldigt werden kann, Euer Ehren. Der Teehausbesitzer kann bald wieder alles behaupten. Wer sagt, daß er nicht selbst einen Griff in die Kasse getan hat? Vielleicht hat er sich selbst bestohlen. Seine Frau braucht ja wohl auch nicht so genau zu wissen, wieviel Geld er einnimmt. Es gibt Männer, die seltsame und teure Liebhabereien betreiben. Könnt Ihr uns feierlich versichern, daß wir nicht bald ein zweites Mal vor diesem Gericht wegen dieses Diebstahls beschuldigt werden?"

„Das kann ich ohne weiteres bestätigen", erklärte Richter Ooka. „Du kannst nicht mehr vor Gericht geladen werden in dieser Sache. Ein Richter kann einen Fall wie diesen nicht ohne Beweise verhandeln. Das bedeutet in diesem Fall: Zeugen. Und es gibt keine Zeugen, nicht wahr, Kihachi?"

Der Teehausbesitzer ließ den Kopf sinken. „Nein, es gibt keine Zeugen, Euer Ehren", flüsterte er.

Ooka wandte sich an die beiden Verdächtigten. „Dann besteht auch keine Anklage gegen euch. Der Fall ist abgeschlossen."

Im Gerichtssaal blieb es ungewöhnlich still. Nur Chomatsu und Joschiro zeigten ihre Befriedigung. „Wir werden das feiern, Euer Ehren", rief Joschiro. „Wir werden bald einen Becher Sake auf Ihre Gesundheit trinken."

Doch der Richter hörte nicht hin. Er verschwand mit

einem düsteren Gesicht schnell im Nebenraum, ohne noch ein Wort an die beiden Verdächtigten, den Teehausbesitzer oder Lotosblume zu richten.

„Höre, Guja", sprach er, als er sein Richtergewand ablegte. „Folge diesen beiden Männern unauffällig. Sie behaupten, daß sie bald einen Becher Reiswein auf meine Gesundheit trinken wollen. Dann sollten sie sich wenigstens ordentlich benehmen. Behalte sie im Auge. Und laß mich sofort wissen, wann sie sich in einem Weinhaus befinden."

Als Guja verschwunden war, murmelte der Richter: „Das ist bestimmt keine schlechte Idee, diesen Becher Wein auf meine Gesundheit zu trinken. Dieser Becher könnte vielleicht die einzige Lösung dieses unlösbaren Falles bringen."

Später am Nachmittag erhielt der Richter einen kurzen Brief von Guja, in dem dieser ihm mittelte, daß Chomatsu und Joschiro sich im Weinhaus „Die Winkende Katze" aufhielten. Sofort bestellte Ooka eine Sänfte. Er ließ sich zum Haus seines Freundes Baiko Onu bringen, einem bekannten Kabuki-Schauspieler. Er bezahlte und bat die Träger, einen Moment zu warten. „Hier gibt es einen Gast, der die Sänfte gleich benutzen möchte. Ihr braucht euch also keine neue Last zu suchen. Ich werde ihm Bescheid sagen, daß die Sänfte da ist."

Kurz darauf kam ein älterer Herr in einem unauffälligen Kimono aus dem Haus. Er ging würdevoll und auf-

recht und trug einen ziemlich martialischen Schnurrbart. Keiner der Träger erkannte in ihm den Mann, der kurz zuvor die Sänfte verlassen hatte.

„Zum Schimbaschi-Viertel", rief der Neuankömmling mit rauher Stimme. „Setzt mich an der Ecke der Straße ab, in der sich das Weinhaus ‚Die Winkende Katze' befindet. Los, beeilt euch, dann bekommt ihr ein zusätzliches Silberstück."

Die Träger hoben die Sänfte auf die Schultern und eilten zum Schimbaschi-Viertel. Dort blieben sie an der Ecke einer Straße mit farblosen Häusern stehen. Einer von ihnen öffnete die Sänfte und half dem Herrn mit dem Schnurrbart auszusteigen. Dankbar verbeugte er sich, als er die zusätzliche Silbermünze sah, die ihm in die

Hand gedrückt wurde. Doch als der Richter in der Straße verschwand, rief er dem anderen Sänftenträger grinsend zu: „Ziemlich klar, was der alte Sünder in der ‚Winkenden Katze' sucht. Gäbe es nur mehr von seiner Sorte. Dann würden wir bald selbst in einer Sänfte sitzen." Mit diesen Worten warf er das Silberstück in die Luft und fing es geschickt wieder auf.

Ooka kannte „Die Winkende Katze" von einem früheren Besuch, als er sich nicht verkleidet hatte und vom Wirt erkannt worden war. Deshalb hatte er Vorsorge getroffen und sich diesmal eine andere Persönlichkeit zugelegt, mit Hilfe von Baiko Onu, der berühmt war für die Sorgfalt, mit der er seine Rollen einstudierte und spielte, und auch für die Sorgfalt, mit der er sich schminkte.

Es achtete dann auch niemand auf den etwas älteren Herren, der militärisch wie ein alter General die schmutzige Straße betrat. Er eilte zur „Winkenden Katze". Zu seinem Vergnügen sah er Guja, der so unauffällig wie möglich in einem Tor neben dem Weinhaus stand. Der Polizist tat, als studiere er mit großer Hingabe die Hausnummern auf der anderen Seite der Straße.

Der Richter betrat das Weinhaus und nahm in einer Ecke am Fenster Platz. „Einen Abend ausgehen?" fragte der Wirt und stellte unaufgefordert einen Krug Sake auf den Tisch. „Und so allein, ohne ein Täubchen?"

„Erst einen guten Becher Wein", antwortete Ooka mit rauher Stimme. „Dann sehen wir weiter."

„Oben im Haus gibt es einige hübsche Neuzugänge“, sagte der Wirt grinsend. „Eine ganz junge. Nun, ich brauche es Ihnen sicher nicht zu erklären, Sie sehen aus wie ein Kenner.“

„Frauen und Matten sind am besten, wenn sie neu sind, meint Ihr wohl.“ Der Richter hob scherzend eine seiner schweren Augenbrauen hoch. Laut lachend schlurfte der Wirt zurück zu seinen Fässern.

Ooka entdeckte sofort die beiden Männer, die an diesem Morgen als Verdächtigte vor dem Richtertisch gestanden hatten. Vom Reiswein erhitzt, sprachen sie laut miteinander.

„Ich sag dir noch mal, Joschiro“, rief der kräftige Chomatsu seinem mageren Komplizen zu, „daß ich einen Teil des Geldes zurückhaben will. Die Hälfte der Beute ist ein zu großer Anteil für das, was du getan hast. Du hast es doch selbst aus dem Mund des Richters gehört. Er hat ja gesagt: ‚Nehmen wir mal an, daß die Geschichte des Teehausbesitzers richtig ist. Dann hat Chomatsu die eigentliche Arbeit getan und Joschiro nur Tee getrunken. Mehr nicht.‘“

„Tee trinken?“ schnaubte Joschiro. „Tee verschütten, meinst du. Wenn ich nicht auf diese Art die Aufmerksamkeit des Teehausbesitzers abgelenkt hätte, hättest du das Geld nie nehmen können, ohne erwischt zu werden.“

„Ich habe das wirkliche Risiko getragen“, schrie Chomatsu. „Was du getan hast, ist kaum der Rede wert. Gib mir zumindest das Goldstück zurück, daß ich dir gegeben habe. Den Rest darfst du behalten. Wenigstens dann, wenn du heute abend hier bezahlst."

„Ooka hat auch gesagt, ich hätte viel zuviel Verstand zum Stehlen", lachte Joschiro höhnisch und schaute Chomatsu hinterlistig an. „Und das ist auch so. Menschen wie ich benutzen ihren Verstand, um andere für sie stehlen zu lassen."

Chomatsu ließ seine Fäuste auf den Tisch fallen, daß die Sakekrüge und die Becher tanzten. „Das Goldstück", brüllte er. „Gib es zurück."

„Denkarbeit ist mehr wert als Arbeit mit den Fäusten", stichelte der magere Joschiro. „Gib mir lieber dein Goldstück. Ohne meine List wärest du auf frischer Tat ertappt worden und würdest jetzt im Gefängnis sitzen, wo du hingehörst, du Dummkopf. Generäle siegen, Soldaten fallen."

Chomatsu stand langsam auf. Im nächsten Augenblick herrschte großer Tumult im Weinhaus. Chomatsu hatte das eiserne Feuerbecken ergriffen und warf es nach dem Kopf des mageren Joschiro. Dieser bückte sich behende, so daß das Feuerbecken durch das Fensterpapier flog und mit einem lauten Krachen auf der Straße landete. Joschiro nahm eine Eisenzange und warf sie nach Chomatsu. Auch er warf daneben. Die beiden Männer hielten einander fest. Doch der magere Joschiro stand in Kraft und Behendigkeit dem massigen Chomatsu nicht nach, und die beiden Kampfhähne taumelten über die niedrigen Tische.

In diesem Moment öffnete der Polizist Guja die Tür des Weinhauses, und mit dem lauten Ruf „Im Namen des Schogun!“ trat er ein. Die beiden Kämpfenden ließen einander sofort los und warfen sich auf den Polizisten. Chomatsu traf ihn mit der Faust ins Gesicht. Darauf schien der ältere Mann mit dem Schnurrbart gewartet zu haben. Niemand verstand, wie er das Samurai-Schwert so schnell hervorgezaubert hatte, doch plötzlich stand er mit gezogenem Schwert in der Tür. „Hier ist Richter Ooka“, rief er in drohendem Ton. „Wer Widerstand leistet, wird auf der Stelle niedergestochen. Guja, lege diesen beiden Schurken sofort Handfesseln an.“

Die Gerichtssitzung, die am nächsten Morgen stattfand, war sehr kurz. Ooka warf nur einen schnellen Blick auf die beiden Männer, die vor ihm auf den Knien lagen, dann sprach er in trockenem, bürokratischem Ton: „Chomatsu wird wegen versuchter Körperverletzung an Joschiro zu sechs Monaten Gefängnisstrafe verurteilt. Er bezahlt dem Gericht eine Buße von einem Goldstück, zwei Silberstücken und einer Rolle Kupfermünzen. Joschiro wird ebenfalls zu sechs Monaten Gefängnis für die versuchte Körperverletzung an Chomatsu verurteilt. Er bezahlt auch eine Buße von einem Goldstück, zwei Silberstücken und einer Rolle Kupfermünzen. Zusätzlich werden sie wegen grober Unruhestiftung zu einem weiteren Jahr verurteilt. Außerdem bekommen sie noch zwei weitere Jahre dafür, daß sie einen Amtsträger an der Ausübung seiner Pflichten gehindert haben. Die Sitzung ist geschlossen.“

Der Richter hatte den Diebstahl mit keinem Wort mehr erwähnt. Doch in der Unterwelt von Edo war dieser Urteilsspruch bis zum Abend bereits gekannt. „Sie haben dreimal soviel Strafe bekommen, als sie für Diebstahl bekommen hätten“, sagte einer. „Und außerdem sind aus Freunden Todfeinde geworden“, sagte ein anderer. „Wenn man nicht gesteht, denkt sich Richter Ooka etwas aus, für das man dreimal so lange ins Gefängnis muß“, maulte ein dritter.

Nach der Morgensitzung eilte Ooka zur „Weißen Kamelie“. Er trug in seinem Ärmel verborgen einen Beutel mit zwei Goldstücken, vier Silberstücken und zwei Rollen Kupfergeld. Mit unbewegtem Gesicht betrat er den Raum, in dem er seinen Tee zu trinken pflegte, und klingelte mit der Porzellanklingel. „Da bin ich wieder“, meinte er lächelnd. „Ich sollte doch noch die anderen Steinlandschaften deines Meisters bewundern. Doch bring mir zuerst Tee, Lotosblume. Welchen tranken diese beiden Schurken? War es nicht Frühlingstee aus frischgepflückten Blättern? Den habe ich mir wohlverdient.“

Kurze Zeit später kniete Lotosblume mit ihrem Teegeschirr vor dem Richter. Mit großer Sorgfalt goß sie das heiße Wasser auf die Teeblätter. „Schauen Sie“, rief sie aus, „es ist erstklassiger Frühlingstee. Die Teeblätter treiben nicht an der Oberfläche. Sie senken sich auch nicht auf den Boden der Schale. Sie schweben direkt über dem Boden. So muß es auch sein bei echtem Schintscha-Frühlingstee, Herr Richter."

„Und jetzt rufe deinen Meister." Ooka lachte.

„Mein Meister ist zum Teelager gegangen. Er ist sehr betrübt, weil Sie seinen Worten so wenig Glauben schenkten", antwortete das Mädchen.

„Will er das Geld, das ihm gestohlen wurde, nun zurückhaben oder nicht?" fragte der Richter lakonisch. Er zog den Geldbeutel aus dem Ärmel seines Kimonos und legte ihn auf den Tisch. „Hier, das Geld ist wieder da, und die Diebe sitzen hinter Schloß und Riegel."

Lotosblume machte große Augen. „Sie haben also meinem Meister geglaubt?"

„Natürlich habe ich seine Geschichte geglaubt. Aber Glauben allein bringt kein gestohlenes Geld zurück. Die Schwierigkeit war von Anfang an, daß ihr so ehrliche Personen seid, Kihachi und du. Kihachi weigerte sich zu lügen und wollte nicht erklären, er habe mit eigenen Augen gesehen, daß Chomatsu den Diebstahl beging. Und du warst nicht bereit, Joschiro zu unterstellen, er habe dich absichtlich dazu gebracht, den Tee zu verschütten. Dennoch hat dein Meister einen Fall vor das Gericht gebracht, der kein richtiger Fall war. Keine Zeugen und keine beweisbare Tatsache. Nun, dann blieb mir also nichts übrig, als euch noch ehrlicher zu machen, als ihr schon seid. Ich stellte die Diebe als Opfer einer leichtfertigen Beschuldigung hin. Wo kein Fall ist, dachte ich, muß ich einen Fall machen. Das war nur möglich, wenn ich die Schurken soweit brachte, daß sie sich selbst anklagen würden."

„Aber woher wußten Sie dann, daß sie Schurken waren?"

„Oh", sagte der Richter, „das wußte ich sofort, als du mir berichtet hast, was passiert war. Erstens habe ich dich noch nie Tee verschütten sehen. Und zweitens dieses Schimpfwort, das Joschiro zu dir sagte, das war ein unverzeihlicher Fehler. Kein Mann, der dich sieht, würde dich eine schmutzige Schlampe nennen. Dafür", der Richter hüstelte, „bist du einfach zu schön."

Diesmal sah der Richter mit Vergnügen, wie Lotosblume errötete und ihr Gesicht hinter dem Fächer verbarg.

Manchmal bringt ein Ameisengang einen Deich zum Einsturz

ODER

Der Fall des perfekten Verbrechens

❖

In jenen Tagen blühte der Kaufmannsstand. Man hörte von immer reicheren Kaufleuten. Der reichste Kaufmann Japans war zweifellos der Reishändler Saikaku aus Osaka, der mit dem Verkauf von Reis ein riesiges Vermögen verdient hatte. Laut zeitgenössischen Berichten besaß er allein schon einundzwanzig Hähne aus reinem Gold und zehn Küken, vierzehn goldene Papageien, fünfzehn goldene Sperlinge, einundfünfzig Tauben aus Gold und Silber, unzählige Edelsteine, hundertfünfzig Pfund Quecksilber, mehr als siebenhundert Schwerter, mehr als siebzehntausend Rollen Samt, Seide und Brokat, vierhundertachtzig Teppiche, fünfzig Paar goldene Wandschirme, sechsundneunzig Schiebetüren aus Kristall, ein goldenes Schachbrett von der Dicke dreier Daumen, dreieinhalb Millionen Goldstücke, anderthalb Millionen Silberstücke, eine halbe Million Kupferstücke, siebenhundertfünfzig chinesische Bilderrollen, fünfhundertvierzig Häuser und Warenhäuser, zweihundertfünfzig Bauernhöfe.

Als der Schogun von diesem Reichtum vernahm, erachtete er den Mann als Gefahr für den Staat und ließ seine gesamten Besitztümer beschlagnahmen.

Wie reich Kaufleute auch wurden, so wurden sie dennoch immer zur niedrigsten Kaste gerechnet. Zur höchsten Kaste gehörten Samurais, die Ritter ohne Furcht und Tadel, die jedoch selten mehr besaßen als ihren Mut und ihr Schwert. Brauchten sie Geld, mußten sie sich an Geldverleiher wenden. Da nun der Kaufmannsstand so blühte und immer mehr Geld in Umlauf gekommen war, wuchsen in ganz Japan die großen und kleinen Geldverleiher wie Pilze aus dem Boden.

Einer von ihnen war Kanomori. Er wohnte in einer kleinen Straße in Edo und wurde eines Tages in seinem eigenen Haus ermordet.

Bereits am folgenden Tag wurden zwei Männer vor Richter Ooka gebracht, von denen man annahm, sie könnten die Mörder sein. Doch es gab nicht den geringsten Beweis gegen sie. Im Gegenteil – die Untat war so geschickt in der Dunkelheit begangen worden, daß der Mord ein perfektes Verbrechen zu sein schien. Die einzige verdächtige Tatsache war, daß die beiden Männer nach dem Mord plötzlich angefangen hatten, viel Geld auszugeben. Andere Hinweise gab es nicht.

Das jedenfalls dachten die beiden Männer, die vor Ge-

五十三次名所圖會
鳴海
廣重筆

richt standen ... Sie waren ihrer Sache so sicher, daß sie das Haupt ihrer Bande aufgefordert hatten, zum Gerichtsgebäude zu kommen. Nicht, um sich durch seine Anwesenheit gestärkt zu fühlen, sondern um sich gemeinsam mit ihm über den berühmten Richter lustig zu machen. Auch das Volk, das Zeuge dieser Verhandlung war, meinte, daß dieser Fall mit einem vollkommenen Sieg der Beschuldigten und einer Niederlage des Richters enden würde.

Man konnte die Verdächtigten doch nicht des Mordes an dem Geldverleiher beschuldigen, nur weil sie am Abend nach dem Mord plötzlich im Besitz großer Mengen Geldes waren, das sie nach Herzenslust ausgaben. Deshalb nahm jeder an, es würde eine kurze Verhandlung.

Man staunte daher nicht wenig, als Richter Ooka die alte Großmutter des Ermordeten als Zeugin aufrief. Am meisten staunten jedoch die Beschuldigten, vor allem, als sie die Zeugenaussage der alten Frau hörten, die ausführlich beschrieb, was – wie sie behauptete – am Abend des Mordes geschehen war.

Der Verteidiger der beiden Beschuldigten, ein gewisser Chobei, flüsterte ihnen böse ins Ohr: „Ihr habt mir doch gesagt, es gäbe keine Zeugen. Ist es wahr, was die alten Frau erzählt?"

„Es ist wahr", flüsterte einer der Beschuldigten zurück. „Und doch ist es auch nur ausgedacht. Denn als mein Kamerad Gompachi den Geldverleiher Kanomori tötete, war es so dunkel im Raum, daß sogar ich nicht sah, was passierte. Außerdem waren die Schiebetüren des Zimmers keinen Moment geöffnet. Die Alte war die ganze Zeit im Zimmer nebenan, wie wir selbst feststellen konnten. Bevor Gompachi den Geldverleiher Kanomori erwürgte, stieß dieser nämlich einen Schrei aus. Und wir hörten, wie die Alte im Zimmer nebenan mit einem Schrei antwortete. Doch die Schiebetür blieb zu, und daher hat sie uns unmöglich sehen können."

„Ich verstehe", sagte Chobei, der Verteidiger. „Das ist offenbar eine von Ookas berüchtigten Fallen. Er rekonstruiert den Mord und läßt die alte Frau Zeugnis ablegen, als hätte sie gesehen, was nach Ookas Meinung passiert ist." Flüsternd fügte er hinzu: „Laßt euch nicht verblüffen. Ich habe jahrelang darauf gewartet, Ooka bei einem Fehler zu ertappen. Jetzt hat er einen Fehler gemacht, der ihn das Leben kosten kann."

An Ooka gewandt, sagte der Verteidiger laut: „Euer Ehren, das, was Sie hier machen, ist keine gerichtliche Ermittlung. Dies ist ein gerichtlicher Betrug, den Sie begehen und für den Sie mit ihrem eigenen Kopf werden bezahlen müssen. Sie wissen genauso gut wie wir alle hier, daß diese Frau nichts gesehen hat. Sie hat, noch dazu auf ihre Bitte hin, ein falsches Zeugnis abgelegt. Wir verlangen, daß dieser Fall dem obersten Gericht vorgelegt wird."

„Wie können Sie beweisen, daß diese Frau nichts gesehen hat?" fragte Ooka den Verteidiger.

„Folgendermaßen“, antwortete Chobei. „Am Abend des Mordes war der Himmel bewölkt. In dem Zimmer, in dem Kanomori gefunden wurde, brannte kein Licht, daher konnte man unter diesen Umständen keine Hand vor den Augen sehen. Außerdem wurde die Schiebetür nie geöffnet ...“

„Woher wissen Sie, daß die Schiebetür nie geöffnet wurde?“ unterbrach ihn Richter Ooka plötzlich mit lebhafter Stimme.

Chobei zögerte. Hatte er zuviel gesagt? Doch er war ein geschickter Verteidiger. „Woher ich das weiß, Euer Ehren? Als Verteidiger dieser unschuldigen Männer habe ich das Haus des Geldverleihers gründlich untersucht. Während dieser Untersuchung habe ich entdeckt, daß die Schiebetür klemmt.“

„Ach“, sagte Ooka beruhigt.

Chobei, froh, daß Ooka seine Ausrede für wahr hielt, stellte erneut und mit Nachdruck seine Forderung. Ooka habe seiner Meinung nach einen Gesetzesbruch begangen, indem er ein falsches Zeugnis ablegen ließ, und er, der Verteidiger, verlange darüber ein Urteil des obersten Gerichtshofs.

„Wenn Sie mir beweisen können, daß diese Zeugin gelogen hat“, sprach Ooka, „dann werde ich mich gerne einem Urteil des obersten Gerichtshofs unterwerfen. Doch bevor wir einen solchen entscheidenden Schritt unternehmen, möchte ich Sie bitten, die Zuschauer hier nach ihrem Urteil über unsere Meinungsverschiedenheit zu

fragen. Wenn Sie ihnen beweisen können, daß die alte Frau gelogen hat, werde ich ohne weiteres zugeben, daß ich nicht nur als Richter versagt, sondern auch mein Amt als Richter mißbraucht habe."

Chobei war begeistert von dieser Wendung der Dinge. Hier wurde ihm eine Gelegenheit geboten, Ooka in aller Öffentlichkeit sein Gesicht verlieren zu lassen.

Er richtete sich daher sofort an die alte Frau und rief in anklagendem Ton: „Bekennt auf der Stelle, edle Großmutter, daß Richter Ooka Sie direkt vor der Verhandlung gebeten hat, diese Zeugenaussage vorzubringen, die sie gerade abgelegt haben."

„Das ist nicht wahr", antwortete die alte Frau in entschiedenem Ton. „Was ich erzählte, ist wirklich geschehen."

„Ich habe nicht gefragt, ob es wirklich geschehen ist oder nicht", unterbrach Chobei sie gereizt. „Was ich Sie frage ist, ob Sie das, was sie beschrieben, wirklich gesehen haben."

„Ich kann nur erzählen, was wirklich geschehen ist", antwortete die alte Frau unerschütterlich.

„Seht doch, wie geschickt Richter Ooka die alte Frau belehrt hat", rief Chobei laut, an das Publikum gewandt. „Sie sagt nicht ein einziges Mal, daß sie etwas gesehen hat, um zu verhindern, daß sie bei einem Meineid erwischt wird. Sie wiederholt nur, was ihrer Aussage nach geschah." Dann, wieder an die Frau gerichtet, schrie er: „Gib zu, daß du nichts gesehen hast."

„Wie konnte ich etwas sehen", begann die Frau gelassen, und der Verteidiger unterbrach sie.

„Richtig! Da es doch vollkommen dunkel und die Schiebetür geschlossen war. Mit anderen Worten: Sie haben überhaupt nichts gesehen."

„Ich weiß, was geschehen ist", wiederholte die Frau hartnäckig.

„Wie?" fragte Chobei, wobei er die Arme zum Himmel hob. „Ohne es zu sehen?"

„Wie kann ich etwas sehen, wenn ich schon zwanzig Jahre blind bin“, sprach die Frau.

„Eine blinde Zeugin!“ rief Chobei aus und betrachtete überrumpelt das Gesicht, das die Frau zu ihm hob. Dann jedoch wurde sein Ton noch triumphierender. „Ist eine größere Verspottung des Gerichts möglich?“ rief er laut. „Eine blinde Zeugin. Ich verlange sofort ein Urteil des höchsten Gerichtshofs.“

„Was ist falsch an einer blinden Zeugin?“ fragte Richter Ooka lächelnd. „Verdächtigter Gompachi, wollen Sie zum Beweis aufstehen und zu mir kommen?“

Unwillig erhob sich Gompachi aus seiner hockenden Stellung und ging auf Richter Ooka zu. Daraufhin wandte sich der Richter an die alte Frau: „Wollen Sie, verehrte Großmutter, uns sagen, welcher Mann hier geht?“ fragte er.

„Ein Mann, der sein Bein nachzieht“, antwortete die alte Frau. „Er streift dabei auf eine ganz bestimmte Art mit dem Absatz über die Matte. Er atmet schnaufend und räuspert sich ab und zu auf eine Weise, die ich noch nie bei einem anderen Menschen gehört habe. Es ist derselbe Mann, der meinen Enkel getötet hat. Ich erkenne ihn an dem Geruch, den er verbreitet, und an den Geräuschen, die er macht. Denn wenn ein Blinder seine Augen nicht gebrauchen kann, hat Buddha aus Mitleid dafür gesorgt, daß seine anderen Sinnen sich so fein entwickeln, daß er ein zweites Gesicht bekommt, mit dem er oft besser sieht als Sehende.“

Ooka drehte sich langsam zu den Zuschauern um. Er brauchte sie nicht nach ihrem Urteil zu fragen, ihre Gesichter sprachen deutlicher, als Worte es hätten tun können.

„Ich danke Ihnen für Ihr nicht zu widerlegendes Zeugnis", sagte er dann zu der alten Großmutter. Dann wandte er sich wieder zu den Anwesenden. „Einen Augenblick sah es so aus, als hätten wir es hier mit einem perfekten Verbrechen zu tun. Doch ihr alle kennt das vortreffliche Sprichwort: ‚Manchmal bringt ein Ameisengang einen Deich zum Einsturz.'"

An diesem Abend saß der Richter in seinem Garten und betrachtete den aufgehenden Mond, während der Affe, den ihm ein Bewunderer geschenkt hatte, in seinem Käfig herumsprang, um die Aufmerksamkeit des Richters auf sich zu ziehen. Der Richter schenkte dem Tier ein paar freundliche Worte.

Seltsam, alle Affen sehen gleich aus, dachte er. Ich habe Hunderte von ihnen in meinem Leben gesehen, und alle haben den gleichen direkten Blick, der durch keine Hintergedanken verdüstert zu werden scheint. Doch schaue ich einem Menschen in die Augen, unterscheidet ihn sein Blick von jedem anderen.

Dann kehrten die Gedanken des Richters wieder zum dem Fall des vergangenen Tages zurück, und damit zu der blinden Frau, die auf eine so einprägsame Weise Zeugnis abgelegt hatte.

Langsam stieg der Mond hoch, langsam tauchte der Richter seinen Pinsel in die Tusche, langsam formten sich folgende Verse:

Sehende sind blind,
und der Blinde sieht.

Mein Affe
schaut durch seine Augen
und denkt nichts.

Viele Geschlechter von Affen
schauen durch seine Augen
und denken
(wie es ihre Natur zu denken ist)
nichts.

Nur der Mensch
hat einen eigenen Gedankengang,
nur der Mensch
denkt selbständig –

aber was ist das schon
angesichts des Mondes,
der aufsteigt.

Wir sehen nicht einmal unsere eigenen Wimpern
oder
Der Fall der grünen Hakama

❖

Ooka hatte dem Teehaus „Die Weiße Kamelie“ einen sorgfältigen Besuch abgestattet. Der kunstsinnige Besitzer hatte einige Tage zuvor die Kakemonos in allen Räumen des Teehauses gegen andere Rollbilder aus seiner kostbaren Sammlung ausgetauscht, und der Richter betrat einen Raum nach dem anderen und blieb genießerisch vor den ausgerollten Meisterwerken stehen. Einige waren mit schwarzer Tusche gemalt, auf anderen hatte der Künstler etwas Farbe hinzugefügt – doch der Besitzer der „Weißen Kamelie“ hatte eine Vorliebe für Kakemonos mit äußerst schlichten und schwungvoll mit schwarzer Tusche gemalten Bilder. Ein Vogel in einem Weidenbaum, Wachteln, die sich unter Blättern versteckten, und da – der chinesische Einsiedler Kioju, der es abgelehnt hatte, der Thronfolger des Kaisers von China zu werden. Kioju hatte sich geweigert und war zu seiner Klause zurückgekehrt, die an einem Berg-

bach lag, der brausend aus einer Felsspalte stürzte. Der Künstler Kano Eitoku hatte auf dem Kakemono auf großartige Weise verewigt, wie der Einsiedler seine Ohren mit dem Wasser des herabstürzenden Baches wusch – weil er meinte, daß diese durch die Sprache der irdischen Verlockungen verunreinigt worden seien.

Es war ein Kakemono, der vermutlich mit einem zweiten Kakemono ein Ganzes bildete. Das zweite zeigte zweifellos die Szene, in der Kiojus Mitklausner Soho, nachdem er gehört hatte, wie jener seine von irdischen Verlockungen besudelten Ohren in dem Bergbach gewaschen hatte, seinen Ochsen daran gehindert hatte, von dem verunreinigten Wasser zu trinken. Doch so sehr Ooka sich auch umschaute, er fand das zweite Kakemono in keinem Raum. Wohl aber fand er eines, auf dem in einem Teich zwei Mandarinenten schwammen. Er beschloß, in diesem Raum seinen Tee zu trinken, und rief nach Lotosblume.

Der Richter hatte sich schon öfter gefragt, warum er so gerne in der „Weißen Kamelie" Tee trank. Schließlich war er zu dem Schluß gekommen, daß es die angenehme Ruhe war, die in diesem künstlerischen Teehaus herrschte und die ihn immer wieder lockte, wenn ihn das Gericht mit seinen harten Problemen völlig auf die dunkle Nachtseite dieser Erde gedrückt hatte. Hier in diesem Teehaus konnte er seinen Gedanken nachhängen und sich sowohl von juristischen Haarspaltereien als auch von dummen Verbrechen befreien. Auch wenn die Situation etwas merkwürdig war.

Wie oft bekam er nicht in der „Weißen Kamelie" unaufgefordert Probleme vorgelegt, während er diesen doch gerade entfliehen wollte. Es waren dann aber zumeist Probleme leichterer Art – die Menschen wußten nun einmal, daß der Richter sich oft in der „Weißen Kamelie" ausruhte, und ein Kläger, der sich nicht vor das Gericht wagte, wartete manchmal am Eingang des Teehauses auf ihn, mit einer gestammelten Bitte um Hilfe, die viel menschliches Elend enthielt.

Zudem verdächtigte der Richter insgeheim Lotosblume, daß sie aus eigenen Stücken manchmal einen armen Schlucker an ihn verwies, denn das Mädchen war nicht nur weichherzig, sondern auch sehr intelligent – und sie kannte das Viertel, in dem sich das Teehaus befand, besser als der Richter und die örtlichen Polizisten.

Ooka hatte Lotosblume um Frühlingstee aus Uji gebeten, und um eine Schale gedünsteter Garnelen mit Champignons und Gingkonüssen. Während Lotosblume den heißen Tee in seine Schale goß, sagte Ooka, auf das Kakemono an der Wand deutend: „Das sind zweifellos die Mandarinenten von Akanuma. Und schau, wie schön die Lotosblumen hinter dem schwimmenden Entenpaar gemalt sind. Ein Kakemono, einer Frau wie dir würdig ..."

„Wieso?" fragte Lotosblume, die kniend den Tee einschenkte, das Gesicht schräg nach oben gehoben.

„Kennst du nicht die Geschichte mit den Mandarinenten?" fragte der Richter. „Soll ich sie dir erzählen? Nimm dir eine Schale Tee. Um diese Zeit sind doch kaum Kunden im Teehaus."

Lotosblume errötete. Sie war dem Richter mit Herz und Seele ergeben und betrachtete diese Einladung, eine Schale Tee mit ihm zu trinken, als einen besonderen Gunstbeweis für sie.

„Es lebte einmal ein Falkner und Jäger, Sonjo mit Namen. Er wohnte im Distrikt Tamura-no-Go, in der Provinz Matsu.

Eines Tages ging er auf die Jagd, doch er fand keine Beute. Als er jedoch auf dem Heimweg war, auf der Höhe eines Ortes, der Akanuma hieß, sah er ein Mandarinenentenpaar. Die Tiere schwammen zusammen auf dem Fluß, den er gerade überqueren wollte. Mandarinenenten zu töten ist verwerflich.

Aber Sonjo war außerordentlich hungrig, und er schoß auf das Entenpaar. Sein Pfeil durchbohrte das Männchen. Das Weibchen entkam in das Schilf des Ufers und verschwand. Sonjo nahm den toten Vogel mit nach Hause und bereitete ihn dort zu.

In der folgenden Nacht träumte er einen unheimlichen Traum. Eine wunderschöne Frau betrat sein Zimmer, stellte sich neben sein Lager und begann zu weinen. Sie weinte so bitterlich, daß Sonjo das Gefühl bekam, sein Herz würde ihm beim Zuhören aus dem Leib gerissen. Die weinende Frau rief ihm zu: ‚Warum, ach warum hast du ihn getötet? Welches Verbrechen hat er begangen? Hier in Akanuma waren wir beide so glücklich, und du hast ihn getötet. Was hat er dir je Böses getan? Begreifst du, was du getan hast? Oh, weißt du, was für eine grausame und gottlose Tat du begangen hast? Mich hast du auch getötet, denn ich will ohne meinen Gemahl nicht mehr leben. Ich kam nur, um dir das zu sagen ...‘

Darauf weinte sie wieder so laut und so bitter, daß ihr Weinen dem Jäger durch Mark und Bein ging. Schluchzend stieß sie die Worte des folgenden Gedichts aus:

Bei der Ankunft der Dämmerung
lud ich ihn ein, mit mir zurückzukehren!
Fortan alleine zu schlafen,
in den Schatten des Schilfs von Akanuma,
was für ein unaussprechliches Elend!‘

Nach diesem Vers rief sie: ‚Ach, du weißt es nicht, du kannst nicht wissen, was du getan hast. Doch morgen, wenn du nach Akanuma gehst, wirst du es sehen, du wirst es sehen ...‘ Mit diesen Worten ging sie, bitterlich weinend, davon.

Als Sonjo morgens aufwachte, erinnerte er sich so lebhaft an den Traum, daß er vollkommen verwirrt war. Er erinnerte sich der Worte: ‚Aber morgen, wenn du nach Akanuma gehst, wirst du es sehen, du wirst es sehen...‘ Und er beschloß, sofort hinzugehen, um herauszufinden, ob sein Traum nur ein gewöhnlicher Traum gewesen war.

Er zog also nach Akanuma. Als er am Ufer ankam, sah er das Mandarinentenweibchen allein dort schwimmen. Im selben Moment erblickte die Ente Sonjo. Doch sie machte keinen Versuch zu fliehen, im Gegenteil, sie schwamm direkt auf ihn zu, wobei sie ihn seltsam starr anschaute. Dann riß sie sich plötzlich mit ihrem eigenen

Schnabel den Körper auf und starb vor den Augen des Jägers.

Und Sonjo schor sich den Kopf kahl und wurde Priester ..."

Lotosblume hatte aufmerksam zugehört. Sie war es gewohnt, daß der Richter, wenn es im Teehaus ruhig war, mit ihr sprach, und zwar auf eine Weise, die sich vollkommen von der unterschied, mit der er im Gerichtssaal zu den Schurken sprach. Es schien, als wolle er sich hier im Teehaus den Mund mit Tee spülen, um den bitteren Nachgeschmack zu vertreiben, die die Worte, die er im Gerichtssaal sprach, manchmal in ihm hinterließen. Zuweilen zitierte er einige Haikus, deren tiefere Bedeutung er dann ausführlich mit Lotosblume besprach.

Die Dienerin füllte seine Teeschale, verschwand und kehrte mit einigen Schalen voller Süßigkeiten zurück, von denen sie wußte, daß der Richter sie mochte. Sie kniete nieder und stellte die Schalen auf das niedrige Teetischchen.

„Ein kleiner Junge steht vor der Tür des Teehauses, Euer Ehren", sagte sie. „Er hält einen kleinen Hund in den Armen. Ich weiß, daß er Sie sprechen möchte."

Da haben wir es ja schon, dachte der Richter amüsiert. Lotosblume als Fürsprecherin der Schwachen.

„Kennst du den Junge?" fragte Ooka. „Und weißt du, was er will?"

Lotosblume nickte. „Er ist der Sohn des Soba-Verkäufers, der in seiner Bude warme Klöße aus Buchweizenmehl verkauft. Ich sehe es an dem Emblem auf seinem Kimono. Das ist nämlich das Emblem seines Vaters, des Soba-Verkäufers Yasuke, hier an der Ecke."

„Hm", sagte der Richter, „Klöße aus Buchweizenmehl können herrlich sein. Ich mag am liebsten welche mit Fisch, Pilzen, Garnelen, einem Ei und etwas Pfeilkraut. Aber ein kleiner Junge mit einem Hund? Wenn du so etwas siehst, denkst du, daß es Schwierigkeiten gibt, nicht wahr? Und der Schogun hat gerade in seiner Neujahrsansprache gesagt, daß nicht nur die Bösen bestraft werden müssen, sondern auch die Guten belohnt, und daß dies für alle Lebensalter gelten solle. Alle Lebensalter – wie alt ist der kleine Kerl?"

„Ungefähr fünf, Euer Ehren. Aber er macht den Mund nicht auf – er will nur Sie sehen."

„Macht den Mund nicht auf? Und das bei dir, die jeden zum Sprechen bekommt. Bring ihn doch mal her."

Kurze Zeit später stand der kleine Koschitschi, Sohn des Klößeverkäufers, vor Ooka, und hatte einen Hund an sich gedrückt. Er sprach tatsächlich kein Wort. Doch der Richter hatte das vage Gefühl, dem Kind sei Unrecht geschehen oder es glaube wenigstens, daß es so sei. Er nahm etwas Süßes aus einer der Schalen und steckte es dem Kleinen zu, der es zögernd in den Mund schob.

„Hol seinen Vater Yasuke her, Lotosblume. Er steht doch an der Straßenecke mit seiner Bude."

Kurz darauf kam die Dienerin mit dem Soba-Verkäufer zurück. Er wurde begleitet von dem wohlhabenden Teehändler Hambei, der ein großes Haus neben dem kleinen von Yasuke bewohnte.

Yasuke berührte sofort mit dem Kopf die Matten auf dem Fußboden und stammelte: „Wir haben schon gesehen, daß Koschitschi mit dem Hund zur ‚Weißen Kamelie' rannte, um ihnen lästig zu fallen. Vergeben Sie mir die Aufdringlichkeit, Euer Ehren. Ich werde Koschitschi mitnehmen und dem Hund geben, was ihm zusteht."

Ooka zog seine borstigen Augenbrauen in die Höhe. „Warum kommt der Junge zu mir?" fragte er. „Sucht er etwa sein Recht?"

„Recht?", rief der Teeverkäufer Hambei. „Mir sollte Recht geschehen, nicht Yasukes Sohn Koschitschi. Ich kam an Yasukes Kloßbude vorbei und wollte gerade mein eigenen Haus betreten, als dieses Untier an meiner Hakama riß. Und was für eine Hakama, Euer Ehren. Der Schuldige muß bestraft werden, hat der Schogun in seiner Neujahrsansprache gesagt. Und der Schuldige ist dieses Untier, der Hund. Er muß vernichtet werden. So lautet das Gesetz des Schogun."

Ooka betrachtete mit aufrichtigem Erstaunen die meergrünen Hosenbeine der Hakama, die unter Hambeis blauem Kimono zum Vorschein kamen – sie sah aus wie die Puffhose eines Prinzen aus kaiserlichem Geblüt. Die Farbe war wunderbar: das junge Grün frischausgeschlagener Blätter in der Frühlingssonne. Noch nie hatte

der Richter eine Hakama in dieser Farbe gesehen. Ein flüchtiges Lächeln glitt über sein Gesicht.

Yasuke hatte sich inzwischen aus seiner gebückten Haltung erhoben und sagte demütig: „Ich weiß es. Und ich wollte entsprechend der Vorschriften des Schogun handeln. Doch mein Sohn verschwand mit dem Hund.

Ich werde ihn strafen, weil er Sie gestört hat, Euer Ehren."

Der Richter betrachtete düster den kleinen Jungen mit seinem Hund. „Ich fürchte, daß Hambei im Recht ist. Doch die Dinge sind nicht immer so, wie sie zu sein scheinen. Möchten Sie eine offizielle Anklage erheben, Herr Hambei, oder möchten Sie, daß die Sache hier auf der Stelle gütlich geregelt wird? Dann können wir zur Untersuchung übergehen."

„Gerne hier auf der Stelle", murmelte Hambei. „Doch was muß hier untersucht werden? Der Hund hat sich in meiner Hakama festgebissen und eines der Hosenbeine zerrissen." Er schwieg, und fügte dann hinzu: „Und was für eine Hakama, Euer Ehren."

Der Richter bestätigte die letzten Worte des Teeverkäufers mit einem liebenswürdigen Kopfnicken.

„Nun, ich hätte gerne die Tatsachen in der richtigen Reihenfolge", sagte Ooka. „Zuerst: Haben Sie diesen Hund je zuvor gesehen?"

Der Teeverkäufer murrte: „Ich muß ihn praktisch zur Seite treten, jedesmal wenn ich durch die Straße zu meinem Haus gehe."

Ooka nickte. „Ein bösartiger Hund", murmelte er. „Können Sie genau beschreiben, was passiert ist?" Noch einmal betrachtete er mit zustimmender Bewunderung die weiten Hosenbeine.

„Ich kam aus dem Kimono-Laden", antwortete Hambei, „wo ich diese außergewöhnlich schöne Hakama hatte anfertigen lassen. Sie sehen ja, es ist eine völlig neu entwickelte Farbe. Sehr exklusiv und teuer. Kleider machen den Mann, nicht wahr? Als ich nach Hause ging und fast dort angekommen war, kam mir das Kind entgegen. Natürlich gab ich ihm einen kräftigen Stoß, um ihn zu lehren, Höhergestellte zu respektieren. Dann ging ich zur Tür meines Hauses, direkt daneben. Und dort fiel mich das Untier an. Schauen Sie nur, wie es das eine Hosenbein meiner neuen, meergrünen Hakama zerrissen hat."

Ooka betrachtete nachdenklich den Riß in dem Gewand. „Noch nie sah ich ein Kleidungsstück in einer solch exklusiven Farbe", meinte er. Hambei fügte stolz hinzu: „Diese Farbe ist völlig neu von Chobei, dem Färber, entwickelt worden. Sehr teuer, natürlich."

„Haben Sie etwa auch einen Hund, Herr Hambei?" fragte der Richter.

„Ich hatte einmal einen Wachhund, Euer Ehren, einen guten Wachhund. Doch er fraß zuviel. Belästigt hat er jedoch nie jemanden. Hunde müssen von klein auf lernen, genau wie Kinder."

„Deshalb trittst du Kinder und junge Hunde aus dem Weg."

„Sicher, Euer Ehren, sie müssen Ehrfurcht lernen."

Ooka holte tief Luft. „Hatte der Hund etwa eine grüne Farbe?"

Hambeis Mund ging auf. „Aber es gibt keine grünen Hunde, Euer Ehren."

„Findest du?“ fragte Ooka. „Du hast doch selbst einen Hund gehabt. Wenn du nun eines Abends nach Hause gekommen wärest und hättest dort einen grünen Hund angetroffen, was hättest du dann gedacht?“

„Gedacht ... gedacht ...“, stammelte Hambei, „ich hätte gedacht: das ist nicht mein Hund.“

„Genau!“ rief Ooka zustimmend. „Du hättest deinen Hund nicht erkannt, wenn er die Farbe gewechselt hätte. Dieser kleine Hund erkannte dich natürlich auch nicht in deiner veränderten Kleidung. Er dachte, ein Dieb wolle in das Haus des ehrwürdigen Hambei eindringen. Prompt biß er nach dem Eindringling, weil dieser kleine Hund ein guter Nachbar ist. Dein Fehler war es, daß du dein Aussehen verändert hast, ohne dem Hund Bescheid zu geben. Er betrachtete dich als fremden Vogel aus einem anderen Nest.“

„Aber Euer Ehren, das ist ...“

„Das ist fast nicht zu glauben“, unterbrach ihn Ooka sofort. „Welch eine Treue. Ich bin der Meinung, daß der Hund auf besondere Weise belohnt werden sollte. Schenke ihm etwas.“

Hambei starrte verblüfft vor sich hin. Dann stammelte er, dieser geizige Teehändler: „Ich bin zu arm, um irgend jemanden oder irgend etwas zu belohnen.“ Und hartnäckig fügte er hinzu: „Vor allem, wenn das überhaupt nicht erforderlich ist.“

„Es ist erforderlich“, sprach Ooka ernst. „Der Schogun hat in seiner Neujahrsansprache darauf hingewiesen, daß das Böse bestraft und die Tugend belohnt werden muß. Der Hund hat sich tugendhaft verhalten. Er muß also belohnt werden."

„Aber was hat ein Hund von Geld?" fragte Hambei ungläubig. Der Richter zuckte mit den Schultern. „Wer spricht von Geld? Nehmen wir mal an: Jedesmal, wenn du an ihm vorbeigehst, streichelst du ihm über den Kopf, statt ihm einen Tritt zu versetzen. Und sage auch etwas Nettes zu seinem kleinen Herrchen. Hunde sind sehr empfänglich für Liebe, die ihrem Herren gezeigt wird. Und jetzt kannst du gehen, werter Hambei."

Als der Richter eines Tages wie üblich seinen Tee im Teehaus in dem Raum bestellte, in dem das Kakemono mit dem Einsiedler hing, der sich in dem strömenden Bach die Ohren wusch, und er Lotosblume ein Kompliment wegen der Farbe ihres neuen Kimonos machte, antwortete diese lächelnd: „Ja, ein grüner Hund ..."

„Aber so etwas gibt es, mein liebes Kind", antwortete der Richter. „Weißt du, was ein Mensch mit seinen Augen sieht oder nicht? Wir sehen noch nicht einmal unsere eigenen Wimpern. Erst streichelte Hambei Koschitschis Hündchen mit Widerwillen. Und nun, keine zwei Monate später, freut er sich schon auf den Hund und sein Herrchen. Die drei sind dicke Freunde geworden. Hambei glaubt nun wirklich, daß der Hund ihn angegriffen hat, weil er ihn in der grünen Hakama für einen Eindringling in seinem eigenen Haus gehalten hat."

Er runzelte die Stirn. „Schenk mir noch etwas von diesem Tee ein, Lotosblume. Denn durch die richterliche Sprache habe ich das Gefühl, daß mein Mund verunreinigt ist und daß ich ihn säubern muß wie Kioju seine Ohren auf diesem Kakemono da."

„Und danach muß ich Ihre Schale bestimmt schnell ausspülen", rief Lotosblume lachend. „Denn der brave Klausner Soho würde sogar seinen Ochsen nicht mehr daraus trinken lassen."

Utagawa (Andô) Hiroshige lebte von 1797-1858 in Edo (Tokio). Er war der letzte bedeutende Künstler des Ukiyo-e-Holzschnitts. Seine zahlreichen Landschaftsdarstellungen – manche berühmt gewordenen Zyklen bearbeitete er mehrmals – beeinflußten durch ihren hohen poetischen Stimmungswert und ihre geniale Komposition die Impressionisten und Expressionisten.

Seite

dem Zyklus: Hundert berühmte Ansichten von Edo; 1856

109 Sakanoshita; 48. Station an der Tokaido-Landstraße; Wasserfall bei Sakanoshita (Ausschnitt); um 1855

117 Akasaka; 37. Station an der Tokaido-Landstraße; Gasthaus mit Serviererinnen; um 1833

125 Kusatsu; 53. Station an der Tokaido-Landstraße; Poststation und Gasthaus; um 1833

135 Narumi; 41. Station an der Tokaido-Landstraße; um 1855

139 Kiyomori, Machthaber und Tyrann, erblickt grauenhafte Schemen im Garten; Ausschnitt aus einem Motiv zu einer Legende; um 1845

145 Schwalbe auf der Ranke einer Glyzinie; um 1832

146 Enten im Schilf; um 1833

153 Narumi; 41. Station an der Tokaido-Landstraße; Kimonos aus Arimatsu (Ausschnitt); um 1833